REPLIQUE

DU PARLEMENT DE BORDEAUX

A LA REPONSE

DES TRESORIERS DE FRANCE.

 'UNIQUE objet de cette Réplique eſt de ramener les Tréſoriers aux vrais principes du droit public, & pour y parvenir avec plus de facilité, le Parlement va leur prouver une ſeconde fois.

1°. Que l'Edit de 1627. étant le premier titre qui leur ait tranſporté, à la charge de l'appel au Parlement, la Juriſdiction contentieuſe du Domaine au préjudice des Sénéchaux à qui elle appartenoit depuis qu'on reconnoît en France un ordre réglé de Juriſdictions, ils doivent être contens de ce changement introduit alors en leur faveur contre l'ancien état des choſes & le droit commun.

2°. Qu'on ne peut leur en attribuer la ſouveraineté, ſous prétexte du Papier Terrier de la Couronne, ſans renverſer les principes les plus invariables du droit public.

3°. Que l'attribution portée par les Lettres-Patentes de 1752. expoſe, contre l'intention du Roi, le Domaine lui-même comme les Vaſſaux & les Cenſitaires de Sa Majeſté, à tous les dangers d'une Juſtice ſuſpecte, informe, précipitée & arbitraire, qui d'ailleurs ſurcharge ces mêmes Vaſſaux d'une augmentation de frais purement gratuite que nul avantage réel ne peut compenſer.

4°. Que par la nature des affaires Domaniales les Tréſoriers de France ſont incapables par état d'en juger en dernier reſſort, & que cette incapacité n'eſt pas moins ſenſible par rapport aux matieres incidentes ou connéxes dont l'évocation faite en leur faveur dépouille tous les Tribunaux de leur Juriſdiction.

5°. Enfin que l'exemple des Commiſſions qu'ils citent ne peut leur être d'aucun ſecours pour le ſoutien de cette attribution.

Nota. Le Parlement n'a pas cru devoir donner ici à Mrs. les Tréſoriers les éclairciſſemens qu'ils demandent ſur la contradiction qu'ils imaginent entre ſes deux premiers Mémoires. Il a ſeulement chargé ſon Député d'expliquer, s'il eſt néceſſaire, les circonſtances particulières de cette prétendue contradiction.

A

ARTICLE PREMIER.

L'Edit de 1627. étant le premier titre qui a transporté aux Tréso-
riers de France, à la charge de l'appel, la Jurisdiction conten-
tieuse sur le Domaine, au préjudice des Sénéchaux à qui elle ap-
partenoit depuis qu'on connoît en France un ordre réglé de Juris-
dictions, ils doivent être contens de ce changement introduit alors
en leur faveur contre l'ancien état des choses & le droit commun.

Lorsque le Parlement a rapporté dans son premier Mémoire quelques époques de l'ancienneté de la Jurisdiction contentieuse des Sénéchaux sur les matieres Domaniales, il n'a point eu intention de faire
une dissertation purement historique, toujours superflue lorsqu'elle
n'est pas relative à la décision. Son objet a été de prouver que l'ancienneté de la possession des Sénéchaux ayant formé un véritable droit
commun, & l'Edit de 1627. y ayant dérogé en faveur des Trésoriers
de France, ceux-ci doivent par cela même paroître infiniment moins
favorables dans la demande d'une nouvelle attribution, de quelque
nature que puisse en être l'objet.

Les Trésoriers de France ont senti la conséquence de ce raisonne-
ment, & de-là les efforts qu'ils ont fait pour établir que les Sénéchaux
n'avoient commencé à connoître de la contention sur le Domaine
que par l'Edit de Cremieu de 1536. que cette Jurisdiction appartenoit
au contraire à leur Corps depuis l'établissement de la Monarchie; que
ce sont-là les vraies Constitutions de l'Etat, & que l'Edit de 1627.
loin d'être pour eux un titre nouveau, ne leur avoit fait qu'une restitution imparfaite, puisqu'il avoit soumis leurs Jugemens à l'appel au
Parlement.

Le Parlement ne changera point son système, & pour ne pas sur-
charger ici le lecteur d'un nombre prodigieux de textes & de dates qui
n'est propre qu'à suspendre l'attention, il a rassemblé à la fin de ce Mémoire, dans une espece de Table Chronologique, celles des Ordonnances, qui depuis le douzieme siécle jusqu'à l'Edit de 1627. ont
constamment ou réglé ou supposé la Jurisdiction des Sénéchaux sur le
Domaine du Roi, & il ne rapportera ici que deux ou trois extraits de
ces Loix respectables, qui seules serviront de réponse aux reproches
qu'on a fait au Parlement d'avoir pris pour des titres de la Jurisdiction ancienne des Sénéchaux de simples énonciations vagues & incer-
taines de quelques anciens Edits.

L'Histoire nous apprend qu'avant le regne de Philippe Auguste,
nos Rois envoyoient dans les Provinces des Ducs, ou autres grands
Seigneurs de leur Cour. Ces Seigneurs avoient un mandement général
pour examiner la conduite des Comtes qui faisoient les Recettes &
jugeoient même des Droits du Roi, mais qui ne pensoient pour l'ordinaire qu'à se les approprier insensiblement & à les confondre dans leur
Domaine propre.

Dans la suite ces Seigneurs eux-mêmes, appellés alors *missi Domi-*

nici, tournerent à leur profit la plupart de leurs découvertes, & Philippe Augufte ne trouva point d'autre remede à un fi grand mal que de créer quatre grands Baillifs dans les quatre principales Villes où fon Domaine étoit plus reconnu : il explique lui-même dans fon Ordonnance de 1190. les deux motifs qui l'avoient porté à faire cet établiffement, l'un de faire rendre à fes fujets une Juftice exacte, telle qu'il la leur devoit ; l'autre de conferver les Droits Féodaux, *& in terris noftris quæ propriis nominibus diftinctæ funt Baillivos noftros pofuimus, qui in Bailliviis fuis fingulis menfibus ponent unum diem qui dicitur Affifia, in quo omnes illi qui clamorem facient recipient jus fuum per eos & Juftitiam fuam fine dilatione, & nos noftra jura & noftram Juftitiam ; & forefacta quæ propriè noftra funt ibi fcribentur ;* fur quoi il faut remarquer avec Lauriere que ces mots, *noftram Juftitiam*, font pris ici pour une redevance, comme felon Ducange le mot *forefacta* comprend les profits acquis par ceffation d'hommage, les amendes & les confifcations encourues par les Loix des Fiefs ; auffi peut-on dire que ces premiers Sénéchaux furent d'abord créés pour le Domaine, & ce qui le confirme & que nous recueillons encore dans l'Hiftoire de ces premiers tems, c'eft que dès qu'on avoit réuni au Domaine une nouvelle Ville, on y envoyoit auffitôt un Baillif pour y mettre en fûreté tous les Droits Royaux.

Saint Louis, dans une Ordonnance de 1256. oblige tous les Baillifs & Sénéchaux à cette forme de ferment, *qu'ils garderont loyaument nos Droits & nos Rentes, ne ils ne foufferront que ils fcachent que il nous foient fouftrait, ôté, empefchié, ne amenuifé.*

En 1315. Louis X. dit Hutin s'exprimoit ainfi ; *ad inftantiam fidelium nobilium & fubditorum noftrorum Senefcalliæ Tolofanæ, &c. Duximus ordinandum quod de cætero omnes & fingulæ caufæ proprietatem noftram tangentes, cujufcumque conditionis exiftant, per procuratores noftros, feu alios quofcumque noftros, feu noftro nomine motæ vel movendæ coràm eodem Senefcallo & curiâ fuâ ventitentur & diffiniantur.*

Philippe VI. au mois de Juin 1338. fit un réglement général pour l'adminiftration de la juftice dans lequel, après avoir prévu certains cas concernant fon domaine, il veut que les Sénéchaux & autres fes Juges ordinaires voyent par eux-mêmes les procès . . . . & que lorfqu'ils feront conclus & en état d'être jugés, ils prononcent leur jugement avant la troifiéme affife au plus tard : *Item præcipiendo ftatuimus ut cum in caufis tam noftris quam aliis renuntiatum fuerit & conclufum, & fuerint in ftatu judicandi, Judices infrà tertiam Affifiam immediatè fequentem ad tardius fententiam dicant.*

En 1536. François I. ordonna par le premier article de l'Edit de Cremieu que les Baillifs & Sénéchaux connoîtroient de toutes les caufes concernant le Domaine.

1°. Cet Edit ne dit pas un mot des Tréforiers de France, & il feroit bien étonnant qu'il n'en eût pas fait la moindre mention en les dépouillant.

2°. Il ne fut fait que pour régler la compétence entre les Séné-

Nota. On a dit dans le premier Mémoire que François I, par l'Edit de Cremieu, rétablit les chofes dans le droit commun, en rendant aux Sénéchaux la jurifdiction exclufive fur le Domaine ; ce qui manque d'exactitude.

La concurrence de la Chambre du Tréfor ne fut point anéantie par cet Edit ; mais la jurifdiction des Sénéchaux y reçut une nouvelle confirmation.

chaux , les Prévôts & autres Juges ordinaires qui s'étoient ingérés dans la connoiffance des matieres domaniales. L'objet de ce réglement n'étoit pas de donner aux Sénéchaux rien de nouveau , mais de leur conferver ce dont ils étoient déja en poffeffion depuis près de trois fiécles , à l'exclufion de leurs inférieurs avec qui feuls ils étoient alors en conteftation.

Les Tréforiers de France conviennent dans leur réponfe , que depuis l'Edit de Cremieu les Sénéchaux ont toujours joui de la jurifdiction contentieufe du Domaine jufqu'à l'Edit de 1627. Cet aveu difpenfe le Parlement d'en rapporter de plus amples preuves.

Que fi les Tréforiers de France fe font trompés en fuppofant que l'Edit de Cremieu fut le premier titre des Sénéchaux , leur erreur n'eft pas moindre en ce qu'ils fuppofent qu'ils avoient été eux-mêmes inftitués dès le premier tems de la monarchie , pour jouir de cette jurifdiction.

On leur laiffe volontiers la vaine fatisfaction de s'approprier aujourd'hui les titres , les honneurs , les diftinctions dont jouiffoient autrefois dans l'Etat les premiers Tréforiers de France ; mais il faut qu'ils reconnoiffent de leur côté que ce n'eft que par fiction qu'ils les repréfentent,& que d'ailleurs ni les uns ni les autres n'ont jamais eu de jurifdiction contentieufe proprement dite fur le Domaine jufqu'à l'Edit de 1627.

Il paroît par les Ordonnances de Philippe le Long de 1316. & de 1319. qu'on ne connoiffoit alors qu'un grand Tréforier en France qui en avoit d'autres fous lui , & qui par cet endroit étoit qualifié *Souverain pardeffus les autres ;* il étoit du nombre des grands Officiers de la Couronne , il avoit l'infpection générale fur tout ce qui avoit rapport au Tréfor Royal , dont le Changeur étoit le Gardien , & dont le Clerc étoit le Controlleur fous le titre feul de Tréforier : il vifoit tout ce qui étoit apporté à l'Epargne , & donnoit des mandemens pour tout ce qui en étoit extrait : Il en fut créé un fecond fous Philippe de Valois , & un troifiéme fous Charles V. ils furent multipliés jufqu'à dix fous Charles VI. & dès-lors on imagine aifément que cette multiplication jointe à l'abus qu'ils faifoient de leur pouvoir les avoit fait décheoir de cette ancienne dignité ; ils crurent pouvoir fe foutenir en procurant à leurs Etats une apparence de jurifdiction ; & c'eft pour cela qu'en 1390. n'étant encore que cinq , deux furent réfervés pour le gouvernement du Tréfor , & les trois autres furent deftinés au jugement des procès , & ceux-ci furent appellés Tréforiers fur le fait de la Juftice.

Cette Jurifdiction n'eut aucun caractere de ftabilité , puifqu'en l'année 1394. on trouve une Ordonnance du même Charles VI. qui regle la jurifdiction du Sénéchal de Touloufe fur le Domaine pour tous les cas qui peuvent y avoir rapport : mais voici des époques bien plus capitales que celles qu'on oppofe aujourd'hui au Parlement.

Le Peuple fit entendre fes cris, tous les Ordres du Royaume porterent leurs plaintes, & par deux différens Edits de réformation , l'un de 1400. le fecond de 1407. il fut ordonné qu'il ne feroit confervé que deux Tréforiers, comme anciennement, *& qu'il n'y en auroit plus fur le fait de la Juftice :* Les Tréforiers de France de Bordeaux ont fuppofé

poſé de leur autorité que l'adminiſtration de la Juſtice leur fut conſer-
vée, ſous prétexte que les Edits portent que, s'il ſurvenoit quelques
doutes, les deux Tréſoriers réſervés pourroient les terminer avec deux
Maîtres du Parlement ou de la Chambre des Comptes; mais il eſt aſſez
clair, aux termes même des Edits, que ces doutes ne pouvoient tomber
que ſur la Direction du Tréſor, puiſqu'il ne reſtoit plus rien aux Tréſoriers ſur le fait de la Juſtice.

C'étoit ſuivant la remarque de Paſquier (a) un tems de corruption,
les Loix n'avoient aucune vigueur; on donnnoit des Edits, & ils n'a-
voient pas d'exécution; la faveur des Grands qui depuis longtems faiſoient tomber ces ſortes de charges ſur leurs favoris, fit qu'on continua
à en ſouffrir encore & les titres & les titulaires.

On continua à donner des proviſions à des Tréſoriers de Juſtice, &
c'eſt à cet abus qu'on doit rapporter celles dont les Tréſoriers de
Bordeaux ont fait uſage, & que Fournival & Ferriere leur ont ra-
maſſées à défaut de titres autentiques d'une nouvelle création.

(a) *Note ſur les Tréſoriers de France*, tirée de Paſquier, L. 2. Chap. 7. *Des recherches de la France.*
Dès leur premiere inſtitution, & long-tems après, ils n'avoient aucune juriſdiction contentieuſe; toutefois ſe reconnoiſſant plus anciens Officiers que les Généraux, même que
leur charge étoit beaucoup plus favorable pour avoir l'intendance des deniers ordinaires,
auſſi voulurent-ils, avec le tems, jouir du même privilege que les autres. Le plus ancien
Regiſtre où je trouve être fait mention des Tréſoriers ſur le fait de la Juſtice, eſt de l'an 1390,
où je trouve unes lettres de l'unzieme Avril, vérifiées par la Chambre des Comptes, par leſquelles Charles VI. donne Mes. Guy Chrétien & Pierre de Metz pour compagnons à Maître
Nicolas de Maulregard, Jean Saulmier & Mathieu de Livieres, leſquels l'avoient long-tems
ſervy en cette charge de Tréſoriers. Veut que Maulregard & Livieres vacquent & entendent
principalement au gouvernement & diſtribution des deniers; Saulmier, Chrétien, & de Metz
à l'expédition & vuidange des procès qui concerneroient le Domaine. Depuis ce tems l'exercice demoura pardevers les Tréſoriers, les uns étant appellés Tréſoriers ſur le fait des Finances & les autres ſur le fait de la Juſtice: choſe qui fut auſſi trouvée abuſive; & de fait en
deux réformations générales de l'an 1404 & l'an 1407, il fut entr'autres choſes ordonné
qu'il n'y auroit plus que deux Tréſoriers de France, ainſi que d'anciennete, & que de-là en
avant nul ne ſeroit plus Tréſorier ſur le fait de la Juſtice: mais bien que s'ils ſurvenoient
en leurs Chambres quelques différends pour le Domaine, ils pourroient prendre deux Maîtres
de la Cour de Parlement, ou de la Chambre des Comptes pour les terminer enſemble-
ment; ni pour cela ne furent ces Etats ſupprimés tout-à-fait. Jamais n'y eut en notre France
plus de corruption qu'il y avoit lors, ni plus de corrections: car les mêmes corrections faiſoient part de la corruption, n'étant que belles promeſſes revêtues du mot d'Edit, ſans effet.
Les Princes & Grands Seigneurs ſe donnoient tel jeu qu'ils vouloient, & pouvoient tout ce
qu'ils vouloient; ils faiſoient augmenter le nombre des Officiers en faveur de leurs Domeſ-
tiques, nonobſtant les Edits de ſuppreſſion; même jouoient à boute-hors, faiſant chaſſer ceux
qui étoient en charge pour leur ſurroger de leurs gens: toutes choſes étant en deſordre, on
aſſembla les trois Etats dans Paris en l'an 1413, où entr'autres doléances l'Univerſité de Paris
ſe plaignit qu'il y avoit ſix Tréſoriers de France ſur le Domaine, & quatre ſur le fait
de la Juſtice, qui s'étoient infiniment enrichis de la dépouille du pauvre peuple: pareilles
plaintes ſur les Généraux des Finances: ſur quoi, par le premier article de la réformation, le
Roi déclara qu'il ſupprimoit tous autres Tréſoriers & Généraux; & qu'il n'y en auroit plus
que deux pardevers leſquels réſideroit toute la charge des Finances, de quelque nature qu'elles
fuſſent, qui ſeroient appellés Commis des Finances leſquels ſeroient élus en la Chambre
des Comptes par le Chancelier, appellés avec luy quelques Seigneurs du Grand Conſeil, du
Parlement & des Comptes: quant aux Généraux de la Juſtice, il y fut pourveu, comme j'ai
dit cy-deſſus; mais pour le regard des Tréſoriers ſur le fait de la Juſtice, nulle mention:
& néantmoins depuis ce tems-là je ne vois point que leur juriſdiction ait eu vogue: tout
ainſi qu'elle s'étoit inſinuée de ſoi-même par un droit de bienſéance, auſſi s'annihila elle
de ſoi-même. Ce fut un éclair d'hiſtoire preſque auſſi-tôt amorti qu'allumé, & qui de ce
en voudra ſçavoir la raiſon, il eſt aiſé de la rendre; car d'un côté la Cour de Parlement,
d'un autre la Chambre des Comptes prétendoient diverſement chacune endroit ſoi cette
charge leur appartenir: d'ailleurs les Sénéchaux & Baillis ſans foule & oppreſſion des ſujets,
cognoiſſoient dedans leurs détroits des matieres domaniales en premiere inſtance & la Cour
de Parlement par appel.

B

Enfin sur les plaintes des Etats du Royaume convoqués à Paris en 1413. & sur les repréfentations fortes qui y furent faites par l'Univerfité, on fupprima tous les Tréforiers de France fans diftinction ; on voulut éteindre jufqu'à leur nom, & deux prud'hommes fous le nom de Commis des Finances, que M. le Chancelier, appellés avec lui deux Maîtres du Parlement & deux de la Chambre des Comptes, devoit choifir, furent prépofés à l'adminiftration & à la direction de toutes les parties des Finances, tant ordinaires qu'extraordinaires, c'eft-à-dire de tout le revenu de l'Etat, foit qu'il provînt du Domaine ou des Aydes, car on avoit pareillement fupprimé les Généraux des Finances fur le fait des Aydes, & il ne reftoit plus que les Généraux des Aydes fur le fait de la Juftice.

C'eft à l'époque de cette réformation générale de 1413. que M. Le Bret * rapporte la fubftitution qui fut faite d'un Surintendant des Finances à l'état de cet ancien Tréforier de France, dont on a déja parlé ; il devoit en avoir tous les honneurs, tout le pouvoir, toutes les fonctions ; mais feulement par commiffion, & comme tout le monde fçait que depuis la fuppreffion des Surintendans des Finances tous les attributs de cette place font dévolus à Monfieur le Controlleur Général, on ne comprend pas comment les Tréforiers de France de Bordeaux peuvent auffi ouvertement, & avec autant de confiance, fe flatter de remplacer cet ancien Officier de la Couronne, *ce Grand-Tréforier de France, ce Tréforier fouverain par-deffus les autres*.

* Traité de la Souveraineté, Liv. 2. Ch. 6.
Loifeau, *des Offices*, Liv. 4. Ch. 2. N°. 49 & fuiv.

Les Tréforiers de France de Bordeaux n'ont eu garde de parler dans leur Mémoire de cette réformation générale de 1413. & on fent affez que c'eft pour remplir le vuide d'un tems confidérable qu'ils ont fait une digreffion fur la jurifdiction de la Chambre du Tréfor.

Le Parlement ne groffira point fa Replique de la recherche de cet établiffement (a) fur l'origine duquel les meilleurs Auteurs ne s'accordent pas, & auquel dans des tems malheureux des différentes crues d'Officiers firent donner une forme & une jurifdiction plus marquée fous Charles VII. Louis XII. & fur-tout fous François I. en 1543. ce que Pafquier * appelle *une invention de ce Prince pour trouver deniers*.

* Des Recherches de la France, Liv. 2. Ch. 7.

Il lui fuffit de répondre que les Tréforiers du Bureau de Bordeaux ne repréfentent point la Chambre du Tréfor puifqu'il paroît par l'Edit de la fuppreffion de 1693. qu'elle fut nommément incorporée à celui de Paris.

(a) La plus commune opinion fur l'origine de la Chambre du Tréfor, eft qu'après l'entiere fuppreffion des Tréforiers en 1413, ils crurent pouvoir foutenir leurs états, en abdiquant pour eux-mêmes la jurifdiction contentieufe, à laquelle leur incapacité formoit un obftacle infurmontable : ils nommerent deux Avocats, auxquels ils firent donner des Provifions de Confeillers du Tréfor, quoique fans aucune création de Compagnie : fucceffivement deux des Tréforiers obtinrent pour eux-mêmes de ces Provifions, & s'arrogerent fur ces Avocats, qui n'étoient que des Officiers irréguliers, une efpece de patronage, qu'ils convertirent enfuite en honorifique fur la Chambre du Tréfor, lorfqu'elle eut reçu une forme plus certaine : mais ce qui eft décifif, c'eft que lorfqu'ils ont voulu dans la fuite fe rendre par eux-mêmes & dans leur feule qualité de Tréforiers, Juges de quelque partie de la contention, les Arrêts de toutes les Cours le leur ont perpétuellement défendu.
Voyez Bouchel, V°. *Tréforiers.* Charondas, *fur le Code Henri.* Bacquet, *de la Chambre du Tréfor.*

Par une suite de la corruption du tems sous Charles VI. même après la reformation générale de 1413. on vit encore quatre Tréforiers se soutenir par la follicitation des Grands dont ils étoient les commensaux, & par-là ils eurent le crédit de se faire nommer Confeillers du Tréfor, même d'en faire augmenter le nombre, & c'est par cette raison qu'ils jouirent du privilege de les préfider, même lorsqu'ils étoient préfens ; on intituloit les Sentences *les Tréforiers de France & les Confeillers du Roi à la Chambre du Tréfor* ; car lorsqu'ils n'y affistoient pas, elles étoient intitulées seulement *les Confeillers du Tréfor*, ainfi que Bacquet l'atteste au lieu cité par les Tréforiers.

Cela fuppofé, n'eft-ce pas un preftige de vouloir tirer de cette préfidence ou de cette intitulation cette conféquence que ce font les Tréforiers de France *qui ont donné l'être à la Chambre du Tréfor*, & que celle-ci leur confervoit leur droit *naturel & d'inftitution* pour la jurifdiction contentieufe du Domaine, dans le tems que Bacquet lui-même atteste au même lieu que jamais ils ne fe font entremis de juger feuls des différends qui giffent en conteftation, dans le tems que les Auteurs les en déclarent nommément incapables, que Budée n'a pas penfé par cette raifon devoir les placer dans fon Catalogue des Juges, & qu'il n'eft point d'auteur pour dévoué qu'il foit aux Tréforiers de France, fans en excepter Miraumont & Fournival, qui n'ait été forcé de convenir qu'ils n'ont par eux-mêmes aucun caractere de véritable Jurifdiction.

Rappellons donc les Tréforiers de France à eux-mêmes ; diftinguons deux tems, l'un depuis la réformation de 1413. jufqu'en 1551. & l'autre depuis 1551. jufqu'en 1627.

Dans le cours de la premiere époque, ces Officiers eurent encore fous les ordres & l'infpection du Surintendant une forte de direction du Domaine & des Finances, celle fur-tout qui confiftoit dans les détails comme tenant, quoique fans nouvelle création, la place tant des anciens Tréforiers que des anciens Généraux des Finances ; & à ce tems doivent fe rapporter les différens Edits que ceux de Bordeaux ont cité fous les regnes de Charles VII. Louis XI. & François I.

Mais leur état changea entierement par l'Edit de 1551. Henri II. épuifé par des guerres malheureufes, vouloit faire une crue parmi ces Officiers, & il eût été difficile de la faire dans le corps même de leur Bureau, qui fe tenoit toujours à Paris ; la mémoire de la fuppreffion de 1413. s'étoit toujours confervée, & le Peuple n'avoit jamais pu s'accoutumer à eux ; il prit donc en habile politique le parti de les divifer, pour parvenir par-là plus avantageufement à fes fins : Il créa dix-fept recettes générales dans le Royaume, & envoya dans chacune un Tréforier toujours réfident ; cette divifion en Généralités particulieres, lui fournit l'occafion d'en créer treize, qui lui produifirent une très-grande fomme d'argent.

Voilà, difent les Auteurs, l'Epoque fatale du changement d'état de ces anciens Tréforiers, il ne leur fut plus permis de prendre le titre faftueux de *Tréforiers de France* ; tant les anciens que les nouveaux furent réduits à celui de Tréforiers Généraux des Finances. Et en effet, quoi de plus fingulier que de voir des Officiers dont les fonctions fe trouvoient circonfcrites dans les bornes d'un territoire particulier, s'arroger un titre qui ne peut être rélatif qu'à celles qui n'ont d'autres limites que le Royaume.

Il eft vrai qu'en 1552. ils fupplierent le Roi d'attribuer à leurs charges le titre des anciens Tréforiers de France, & par l'Edit de Villiers-Coterets il leur fut accordé; il eft vrai encore qu'à l'Art. 6. l'Edit leur donne la préféance fur les Confeillers des Parlemens & des Cours des Aydes dans les affemblées particulieres, mais ceux de Bordeaux fe font bien gardés de parler de l'enregiftrement qui en fut fait à Paris dans ces deux Cours, *fous l'exception expreffe de l'Art. 6.*

On ne peut rien dire ici de l'enregiftrement du Parlement de Bordeaux, les Tréforiers de France le demandent, ainfi que beaucoup d'autres, parce qu'ils fçavent que les Régiftres de ces tems-là ont été confumés par le feu, mais il a confervé l'enregiftrement des Lettres-Patentes du 24 Décembre 1566. qui en énonçoient de précédentes contenant les pouvoirs & priviléges des Tréforiers de France, parmi lefquels on avoit fans doute fait glifser cette préférence fur les Officiers des Cours Souveraines : il eft porté par exprès dans cet enregiftrement, que les articles concernant cette préféance ne fortiront leur effet jufqu'à ce qu'il ait plu au Roi de déclarer fa volonté fur les repréfentations qui lui feront faites, & depuis 1552. jufqu'à préfent jamais ces Officiers n'ont ofé élever cette conteftation.

Pour ce qui regarde la multitude d'articles qui compofent cet Edit, & qui femblent donner à leurs fonctions tant d'étendue fur le fait de la direction, il femble qu'il n'ait eu pour objet que de préparer à de nouvelles créations, & on verra dans un autre lieu le profit qui en eft venu à l'Etat jufqu'à nos jours; fi c'eft du moins un profit pour lui que de lui donner des créanciers qui penfent dans la fuite des tems qu'on ne peut les fatisfaire qu'en leur facrifiant ce qu'il y a de plus important dans le droit public.

Il fuffit d'obferver ici qu'on avoit déja pourvu d'avance aux inconvéniens de la progreffion du pouvoir de ces Officiers par l'établiffement des Intendans des Finances, à qui feuls appartenoit & appartient encore aujourd'hui fous les yeux de Monfieur le Controlleur Général & du Confeil, la vraie, * l'importante, l'éminente direction dont les Tréforiers de France dans les Provinces ne font, à dire vrai, que les fimples Exécuteurs.

* Loifeau, des Offices, Liv. 4. Ch. 2. N°. 49.

Abandonnons des détails que le Parlement avoit voulu éviter dans fon premier Mémoire, & que la lecture de la Réponfe des Tréforiers de France fera juger être devenus indifpenfables; & après les avoir fixés dans les bornes de leur état, fixons-les dans celles de leur véritable jurifdiction.

Diftinguons avec eux en matiere de Domaine ce qui tombe en direction d'avec ce qu'on appelle contention ou jurifdiction contentieufe.

La Direction n'eft autre chofe qu'un droit d'Infpection, de Vifitation, de Revuë, de Gouvernement, de Confervation du Domaine du Roi, qui renferme celui de veiller fur l'exactitude & fur la folvabilité des Receveurs, fur la fidélité des Fermes, des revenus ou des Régies,

d'en

d'en rechercher les fonds, d'en assurer au Roi la possession par le re-
nouvellement des hommages, des dénombremens & des déclarations,
tous Actes dans lesquels il n'y a rien de ce qui annonce des Parties, un
Juge, un Tribunal, une décision. Le droit de comminer par des pei-
nes, & de contraindre par des saisies ceux qui sans un déni formel sont
délayans de satisfaire à tout ce dont ils sont tenus, en sera encore une
dépendance si l'on veut ; mais cette vigilance, loin d'avoir pour objet
des contestations à terminer, n'a été introduite que pour les prévenir,
toutes ses opérations ne tendant qu'au bien d'une douce & sage admi-
nistration.

La Direction finit où la contention commence, par le déni d'une des
Parties qui se croit fondée à refuser ce qu'on lui demande ; déni sur le
fonds de la mouvance, sur la forme, sur la quantité du devoir, & toute
autre espéce de cas qu'on peut imaginer ; déni qui demande nécessai-
rement l'office d'un Juge préposé pour rendre à chacun ce qui lui appartient, & un Jugement qui supplée sous l'autorité des Loix au con-
sentement que la prévention ou l'injustice avoient fait refuser.

Les Sénéchaux avoient dans les premiers tems la Direction & la
Contention du Domaine, ce fait est attesté par toutes les Ordonnances du douzieme, treizieme & quatorzieme siecle. Plusieurs d'entr'eux
en avoient encore la Recette dans l'étendue de leurs Sénéchaussées, &
comme ils la perdirent par la création des Receveurs du Domaine en
titre d'Office, le Parlement n'a jamais contesté aux Trésoriers de France que la Direction ne leur en ait été attribuée par des Edits rendus en
différens tems : qu'ils lisent, qu'ils relisent son premier Mémoire, ils
n'y trouveront rien de semblable ; partout il s'est servi du terme de Jurisdiction contentieuse, & on a peine à concevoir quel a été l'objet de
ces Officiers, lorsque dans leur Réplique ils ont fait à ce sujet des reproches si amers, & de si grands efforts pour défendre leur Direction ;
doit-il donc être permis de confondre les choses, & devoit-on craindre
de leur part une pareille illusion ?

Ils ont supposé par une suite de la même illusion que le Parlement
leur dispute le droit de poursuivre & de recevoir les hommages & les
dénombremens, comme dépendances de la Direction : qu'ils lisent &
qu'ils relisent encore son premier ouvrage, ils n'y verront rien qui
puisse fonder leurs plaintes, & ce qu'on vient de dire en expliquant ce
que c'est que Direction doit les tranquiliser surabondamment.

Mais on a soutenu, & on soutient encore que lorsqu'à propos de
la réception d'un hommage ou de la vérification d'un dénombrement, il
intervenoit de la part de la Partie quelque déni ou quelque contesta-
tion, les Trésoriers étoient obligés par l'Edit de 1508. de renvoyer la
Cause à la Chambre du Trésor, ou devant les Juges ordinaires, c'est-
à-dire devant les Sénéchaux ou devant les Prévôts, qui, comme on l'a
déja dit, prétendoient pouvoir en connoître avant l'Edit de Cremieu.

On ne peut s'empêcher ici de se récrier sur l'équivoque que ces Officiers ont jetté sur les termes de cet Edit de 1508. en soutenant que
ce renvoi ne leur étoit point enjoint ; que ce n'étoit qu'une simple faculté qui ne les privoit pas du droit de juger le fonds même de la con-

C

teſtation. Il eſt clair par l'Edit que leur choix ne tomboit que ſur l'alternative des deux Tribunaux indiqués qui avoient entr'eux la concurrence, & en effet la même diſpoſition ſe trouve pour la Chambre des Comptes dans l'Edit de 1520. & cette Chambre n'a jamais penſé depuis cet Edit que le renvoi fut pour elle de ſimple faculté, ni cru devoir s'attribuer ſur le fonds du Domaine conteſté une Juriſdiction qui n'eſt pas dans l'objet de ſon établiſſement.

En vain les Tréſoriers de France voudroient-ils s'aider de quelques expreſſions générales priſes de différens Edits; tout ce que le Parlement vient de dire ſe juſtifie par une ſeule réflexion . . . c'eſt qu'on trouve partout dans ces Edits les termes de veiller, gouverner, adminiſtrer, conſerver, augmenter le Domaine du Roi, *beſogner au fait d'icelui*, toutes expreſſions dont le ſens eſt renfermé dans les bornes de la ſimple Direction, & on n'en trouve pas un ſeul qui ait rapport à la contention, à l'inſtruction, & au jugement des Procès.

Ajoûtons une ſeconde réflexion, c'eſt que la plupart des Edits cités par les Tréſoriers de France portent tous un caractere de Burſalité que les circonſtances dans leſquelles ils ont été donnés ne permettent pas de méconnoître. Depuis Charles VII. juſqu'à Henry IV. des guerres opiniâtres avoient épuiſé les Finances, la multiplication des Offices rendus vénaux par néceſſité fut miſe en différens tems au nombre des expédiens les plus prompts, & comme il falloit à la fois donner de l'attrait aux acquéreurs, & compenſer par quelque endroit l'aviliſſement même des Offices, ſuite néceſſaire de la multiplication, il fallut auſſi prodiguer nonſeulement les titres & les diſtinctions, mais encore les apparences de quelque choſe de plus réel.

Tels ſont les Edits qui ont augmenté le nombre des Tréſoriers de France, au point qu'en 1627. il y en avoit déja plus de quatre cens, au lieu qu'ils n'étoient que quatre lors de la premiere crue de 1551.

En vain les plaintes de tous les Ordres du Royaume s'étoient-elles fait entendre aux Etats d'Orléans; en vain ſe renouvellerent-elles avec inſtance aux Etats de Blois; on fit dans ceux-ci ce qu'on avoit fait dans ceux de Paris en 1413. on réduiſit les Tréſoriers de France à un ſeul dans chaque Généralité, comme ils étoient en 1551. mais quel moyen de rembourſer des fonds ſi conſidérables? Coquille qui étoit un des Députés à cette Aſſemblée pour le Nivernois, obſerve ſur l'article 242. de l'Ordonnance qui y fut faite, & qui porte cette ſuppreſſion, qu'indépendamment des cruës faites dans chaque Bureau, on avoit encore augmenté le nombre des Bureaux de ceux de Limoges & d'Orléans.

L'hiſtoire nous apprend à quel point d'inſuffiſance étoit réduit le Tréſor Royal en 1627. par le fameux Siege de la Rochelle, & les malheurs des regnes paſſés; on fut obligé de recourir à une nouvelle crue, elle fut à la fois de quatre Officiers dans chaque Bureau, de deux Brevets de Préſident, d'un Procureur & d'un Avocat du Roi, dix Procureurs, trois Greffiers, & trois Huiſſiers, ce qui fit une augmentation d'environ trois cens cinquante nouveaux Offices de cette ſeule eſpece dans le Royaume, & la Juriſdiction contentieuſe du Domaine leur fut accordée au préjudice des Sénéchaux.

On ne dit rien ici de l'enrégiftrement que le Parlement fit de cet Édit ; ces Officiers fe repentiront peut-être dans un autre lieu d'en avoir provoqué la recherche avec tant de confiance.

On ne s'arrête qu'un inftant fur fon obreption ; on y énonce que les Tréforiers de France par leur premiere inftitution avoient été établis pour connoître de toutes les conteftations au fujet du Domaine du Roi, & on a prouvé à ce fujet que les Tréforiers de France, tant les anciens que les nouveaux, n'avoient jamais eu jufques-là aucun caractere de Jurifdiction : on y énonce que l'Edit de Cremieu fut le premier titre des Sénéchaux, & on a démontré ci-devant que depuis que la recherche du Domaine reçut une forme certaine fous Philippe Augufte, elle avoit toujours appartenu à ceux-ci.

Que conclure de toutes ces chofes ? Sera-ce qu'il faut regarder ces énonciations comme des titres conftitutifs du Droit Commun en faveur des Tréforiers de France ? Ou en conclura-t-on que la furprife vifible faite au Prince par ces fauffes énonciations, fervira un jour à rétablir la Jurifdiction des Sénéchaux ?

Le Parlement perfifte donc à foutenir que l'Edit de 1627. étant le premier titre des Tréforiers pour la Jurifdiction contentieufe du Domaine, & n'ayant obtenu alors cette Jurifdiction qu'au préjudice des Sénéchaux, à qui l'ordre public la garantiffoit depuis plus de quatre fiecles, ils doivent du moins être contens d'une attribution auffi contraire au droit commun ; que toute attribution nouvelle en leur faveur doit être regardée comme odieufe, & qu'en effet elle l'eft d'autant plus, qu'elle tend à renverfer plus directement les points capitaux du droit public de la Nation.

ARTICLE SECOND.

On ne peut attribuer aux Tréforiers de France la Jurifdiction Souveraine fur le Domaine, fous prétexte du Papier Terrier, fans renverfer les principes les plus invariables du Droit Public.

Rien n'eût dû être plus sûrement & plus inviolablement confervé parmi les hommes, que les titres primitifs des Etabliffemens faits dans les premiers tems pour l'avantage & la durée de leur Société. De-là, chez les Romains les anciennes Loix étoient appellées, *fanctæ quafi fanctione quâdam tutæ ab hominum injuriis.*

Mais les défordres furvenus dans le cours de plufieurs fiécles, ont fait perdre dans chaque Nation ces précieux monumens. De-là, la néceffité de donner aux ufages anciens, dont une tradition fuivie affure l'exécution, la même authenticité qu'eût pû avoir la Loi primitive qui les avoit originairement introduits. Ainfi pour connoître aujourd'hui fi des ufages doivent avoir ce caractere, il faut confulter les Titres qui les énoncent ou qui les fuppofent ; & s'ils fe trouvent foutenus d'âge en âge par un confentement unanime de toute la Nation, on peut dire avec confiance que tel ou tel de ces ufages eft fondé fur quelque Loi générale établie dans le principe pour le bien de tous, ou, ce qui eft la même chofe, que tel ou tel ufage eft fur tel fujet le Droit public de cette Nation.

Sur ce principe inconteftable, fans lequel ce qu'il y a de plus facré parmi nous deviendroit fujet à conteftation, on perfifte à foutenir que la connoiffance du Domaine du Roi eft le vrai patrimoine du Parlement, qu'il a fur le Domaine un droit de Jurifdiction d'une efpece incommunicable à tout autre qu'à lui, & qu'il ne peut en être dépouillé fous aucun prétexte.

Que par des raifons prifes de la nature même des caufes du Domaine, de leur privilége, de leur importance, de l'intérêt de leur accélération, on prétende qu'elles ne doivent effuyer qu'un feul degré de Jurifdiction, cette Jurifdiction appartient au Parlement : c'eft ainfi que le Roi Jean voulant en 1363. fixer la qualité des caufes qui pouvoient y être introduites directement, place dans cet ordre celles de fon Domaine : *Item caufæ proprietatis noftri patrimonii, caufæ etiam appellationum, &c.* Charles VII. en 1453. renouvella la même difpofition : & de-là la réferve pour le Parlement de Paris des caufes de Régale, de celles des Pairies & des Appanages, parce qu'elles ont avec le Domaine un rapport immédiat, & que leur conféquence les a faites regarder comme méritant cette diftinction. De-là encore la néceffité de porter à chaque Parlement dans l'étendue de fes limites les aliénations du Domaine, fes acquifitions, fes échanges, fes engagemens & tous les actes qui peuvent l'intéreffer, pour y recevoir par l'enregiftrement les modifications dont ils font fufceptibles, ou le caractere d'authenticité qui doit leur convenir.

Que les caufes du Domaine foient, comme toutes les autres, fujettes à deux degrés d'Inftance ; la Jurifdiction fouveraine, ou le droit de reffort qui attire fur l'appel la révifion de ce qui a été jugé, appartient inconteftablement au Parlement, parce que par l'effence de fa conftitution il repréfente immédiatement le Roi même dans la diftribution de fa Juftice fouveraine.

Dans les tems où on ne connoiffoit prefque point en France d'ordre certain dans les Jurifdictions, parce que la révolte & l'ufurpation avoient tout confondu, les Seigneurs en avoient dans leurs Terres différens degrés ; mais on appelloit de leurs Baillifs & d'eux-mêmes à la Cour du Prince, qui n'étoit autre que le Parlement : on y appelloit auffi des Jugemens des Baillifs Royaux, depuis qu'ils avoient été créés par Philippe-Augufte ; & ce dernier reffort qu'on nommoit, *recurfum ad Principem*, étoit un attribut fi effentiel de la Souveraineté, que quelque général qu'eût été le tranfport des droits de Juftice par l'Inféodation ou des pouvoirs accordés à ces Baillifs, jamais il n'avoit pû y être compris : c'eft ce qui a fait dire à Dumoulin, que le Roi lui-même n'eft pas le maître de féparer de fa Couronne cette Jurifdiction ultérieure.

Il eft vrai que les appellations ne fe traitoient pas alors dans la forme que nous connoiffons aujourd'hui, mais la différence du ftyle ne change rien au fonds des chofes ; on préfentoit une Requête au Prince dans l'affemblée de fon Parlement, pour demander juftice contre ce qui avoit déja été jugé, & après les éclairciffemens ufités alors, le Jugement étoit confirmé ou infirmé.

Il

Il est vrai encore que les appellations étoient alors très-rares, soit parce que le Parlement ne s'assembloit que deux fois l'an, soit parce qu'il falloit appeller celui qui avoit rendu le Jugement pour en répondre ; & les Seigneurs qui étoient eux - mêmes les Juges sur les lieux, ainsi que les grands Baillifs déja trop accrédités, prenant ces sortes de citations à injure, la crainte retenoit les Peuples, & leur rendoit presqu'inutile ce droit de ressort. De - là cette sévére reprimande * de Saint Louis à son propre frere Charles, alors Comte d'Anjou, qui avoit fait mettre dans les fers un de ses vassaux pour avoir appellé de sa Cour à la Cour du Roi : de-là, à remonter encore plus haut, ces injonctions si générales dans les Capitulaires ** de nos Rois de ne priver personne de la faculté de l'appel, de n'inquiéter, de ne molester aucun Appellant.

On ne surchargera point ce Mémoire des citations des Ordonnances qui établissent en faveur des Parlemens une possession suivie du droit de ressort de plus de cinq siécles, sur-tout en matiere de Domaine ; une notoriété suivie, constante, générale, l'emporte sur toutes les preuves de détail, & il en résulte que le Tribunal à qui appartient cette Jurisdiction ne peut être que le Parlement, selon les regles du Droit public.

Fixons-nous donc : le Parlement étoit dès les premiers tems le Juge souverain du Domaine par la voie de l'appel : on ne sçauroit avec quelque pudeur, & sans démentir l'Histoire, ainsi que les Ordonnances, contester ce fait ; il est vrai qu'on en trouve une de l'an 1315. dont on a déja fait usage, par laquelle sur la supplication des Etats de la Sénéchaussée de Toulouse, Louis Hutin ordonna que les Causes du Domaine qui n'excéderoient pas une certaine valeur, seroient terminées définitivement par le Sénéchal de cette Ville, & que celles qui seroient au-dessus, seroient renvoyées au Parlement : l'éloignement des lieux, les frais immenses que devoient causer aux Parties & le voyage & le séjour dans les assemblées du Parlement, obligerent ce Prince à déroger en cela aux anciennes constitutions de l'Etat ; mais le Parlement une fois fixé à Toulouse, le Droit public reprit ses forces ; & sans qu'il ait fallu de nouvelles Loix, il est inoui que le Sénéchal de Toulouse, Juge du Domaine en premiere Instance, comme tous les autres Sénéchaux jusqu'en l'année 1627, ait prétendu se prévaloir de cette ancienne dérogation.

On peut dire en effet du Droit public d'une Nation ce que la Loi dit du Droit commun : *Res facilè redit ad jus commune.* Il peut avoir dans quelques circonstances éprouvé quelques variations fondées sur des raisons particulieres, & sur tout autre motif que l'intérêt général ; mais ces variations ne lui font point perdre son privilége, elles ne sçauroient subsister long-tems, ni acquérir aux Reglemens qui les favorisent le caractere incommunicable de Loi publique.

Un second exemple plus rapproché de notre tems est pris de ce qui se passa en 1704. Louis XIV. de glorieuse mémoire, ayant par un Edit du mois de Février fait encore une nouvelle crûe d'Officiers dans chacun des Bureaux des Trésoriers de France, leur accorda la Jurisdiction en dernier ressort pour toutes les parties de l'instruction des affaires du Domaine, ne réservant au Parlement que l'appel des Jugemens définitifs ;

D

cette souveraineté, pour user des termes de Paquier à l'occasion des Tréforiers de Justice sous Charles VI, *ne fut qu'un éclair d'histoire auffi-tôt éteint qu'allumé.* Dès le mois d'Août suivant, le ressort fut rendu au Parlement de Paris dans toute son intégrité, & la nouvelle Déclaration donnée à ce sujet fut ensuite rendue générale pour tous les Parlemens.

Cette retractaion fut fondée sur la représentation qui fut faite au Roi que cette attribution étoit contraire à l'usage ancien, & c'est cet usage, qui, comme on vient de le dire, peut & doit être appellé notre Droit public : les autres inconvéniens qui la déterminerent, sont désignés spécifiquement dans le premier Mémoire du Parlement, où on leur a donné toute l'étendue dont ils étoient susceptibles : mais sans tomber dans le cas d'une répétition superflue, on peut les rappeller en un mot, puisque ce qu'on en a dit n'a reçu aucune atteinte par la réponse des Tréforiers.

1°. Par la crainte de la révision le premier Juge se détermine avec plus de conseil & de circonspection, & ces deux choses ne sont pas moins nécessaires dans les Jugemens préparatoires, que dans les Jugemens définitifs.

2°. C'est dans la seconde discussion des uns & des autres que se manifestent, & les erreurs, & les préventions du premier Juge.

3o. C'est sur-tout en cause d'appel que par un axiome célebre dans le Droit, il a toujours dû être réservé aux Parties de déduire des raisons, de produire des pieces, d'employer un ordre de défense, que l'inattention ou peut-être la collusion d'un défenseur auroit fait négliger ; & les Jugemens, quoique simplement interlocutoires, portant souvent un coup mortel en définitive, les Parties privées du droit d'en appeller au Parlement étoient sans ressource.

4°. Il n'est gueres possible qu'en cause d'appel la justice ne se fasse jour ; c'est alors seulement qu'on peut dire que la chose jugée a acquis ce caractere essentiel de vérité que la Loi lui suppose, mais qu'elle ne reconnoît qu'après une pleine & entiere discussion.

Enfin c'est après qu'un procès a été discuté de nouveau dans une seconde Instance, que la Partie condamnée dont la passion a eu le tems de se rallentir, se persuade qu'il ne se peut pas que dans deux Tribunaux différens, devant des Juges d'un ordre distingué l'un de l'autre, dont les rapports & les habitudes ne se ressemblent pas, elle ait été également sacrifiée.

Et telle est la justice & la bonté de nos Rois, lorsqu'ils plaident avec leurs Sujets, que ce n'est pas un simple jugement qu'ils demandent, c'est une conviction absolue, & autant qu'il est possible, une conviction volontaire : ainsi pensoient-ils, lorsque dans l'origine établissant pour les temps avenir un Droit public inaltérable, ils établirent sur-tout pour les matieres graves, telles que celles qui auroient rapport à leur Domaine, un droit de ressort au Parlement.

On a fait voir sur le premier article de cet Ouvrage, que par toutes les Ordonnances jusqu'à l'Edit de Crémieu, la connoissance du Domaine en premiere Instance appartenoit aux Sénéchaux ; cependant les

Prévôts , fous prétexte de quelques termes équivoques gliffés dans quelques Edits , avoient entrepris d'en connoître ; François I. corrigea cet
abus , & Charondas remarque qu'il étoit jufte que le Domaine étant de
toutes les matieres la plus importante , fut auffi traitée par les Juges les
plus diftingués : or fi on eft entré dans cette confidération pour la premiere Inftance , avec combien plus de force ne parle-t-elle pas pour le
droit de reffort en faveur du Parlement ?

Auffi voit-on par-tout l'appel au Parlement refervé dans tous les tems,
quelle qu'ait été la variation introduite dans la premiere Inftance en matiere domaniale ; les Sénéchaux qui en ont exercé la Jurifdiction pendant quatre fiecles ont toujours reffortì au Parlement : la Chambre
du Tréfor n'en connut jufqu'à fa fuppreffion que fous cette Charge :
elle ne fut donnée que fous cette condition aux Tréforiers de France par
l'Edit de 1627. & la Déclaration de 1704. fait encore mieux fentir
qu'on ne fçauroit le dire, qu'on ne peut priver le Parlement du droit de
reffort en cette matiere fans détruire les anciens ufages , par conféquent
fans contrevenir au Droit public , & fans tomber dans des inconvéniens irrémédiables.

Que veulent donc dire les Tréforiers de France , lorfque dans un
Ouvrage , où l'art fe fait par-tout fentir plus que la juftelle , ils infinuent
en mille endroits différens qu'en matiere de Domaine , ils ne doivent
compte de leurs Jugemens qu'au Roi feul & à fon Confeil ; que c'eft-là
que devoit en être porté l'appel avant l'Edit de 1627. & que cet Edit ne
leur fit qu'une reftitution imparfaite, puifqu'ils furent affujettis à l'appel
au Parlement.

Ramenons-les à la vérité : les Tréforiers de France font comptables
aux Intendans des Finances des ordres des Etats qui leur font envoyés
par la raifon du principe que le Mandant eft en droit d'interroger le
Mandataire fur l'exécution du Mandat ; mais hors ce cas totalement
étranger à la caufe, ils ne fçauroient fixer ce qu'ils entendent par appel
au Confeil.

Tout appel fuppofe un Jugement rendu par un premier Juge , & un
Juge prépofé pour le confirmer , ou le réformer en contradictoire défenfe : or d'un côté on a prouvé que les Tréforiers de France avant l'Edit
de 1627. n'avoient jamais eu de Jurifdiction contentieufe , & de l'autre
c'eft une erreur que de repréfenter le Confeil du Roi comme Juge
d'appel : quelque refpectable qu'il foit à tous égards , on fera voir dans
un autre lieu combien cette voie eft impraticable ; & il fuffira de rapporter ici la difpofition de l'Article XCI. de l'Ordonnance de Blois*con-
firmée par l'Article XIV. de la Déclaration du 22 Octobre 1648. fi

_____

* « Et au regard de notre Confeil privé & d'Etat ayant en cet endroit, comme en tous au-
» tres , bénignement reçû les remontrances qui nous ont été faites par nos Etats : afin auffi de
» le rétablir en fa première dignité & fplendeur , & que dorefnavant notredit Confeil ne foit
» occupé ès caufes qui giffent en jurifdiction contentieufe ; voulans conferver la jurifdiction
» qui appartient à nos Cours Souveraines & Juftices ordinaires ; avons renvoyé les inftances
» pendantes indécifes & introduites en icelui notredit Confeil tant par évocation qu'autre-
» ment pardevant les Juges qui en doivent naturellement connoître ; fans que notredit Con-
» feil à l'advenir prenne connoiffance de telles & femblables matieres ; lefquelles voulons être
» traitées pardevant nos Juges ordinaires & par appel en nos Cours Souveraines fuivant nos
» Edits & Ordonnances. »

on y plaide fur quelques matieres, comme fur les Reglemens de Juges ; les évocations, les caffations, c'eft par une attribution fpécifique établie fur des Edits particuliers que les Tréforiers de France ne fçauroient appliquer au Domaine du Roi.

Il eft vrai qu'on fe pourvoit au Confeil contre les Ordonnances des Intendans, ou autres Commiffaires départis, lorfqu'elles font rendues fur l'exécution des ordres particuliers qui leur ont été adreffés, parce que pour en connoître la juftice, il faut pénétrer les motifs fecrets de ces ordres ; motifs qui ne peuvent être parfaitement connus que du Confeil même qui les a donnés : mais comme les Intendans n'ont point de Jurifdiction ordinaire, on ne peut pas non plus regarder comme ordinaire l'efpece de reffort qui en eft dévolu au Confeil, comme du commis au commettant ; il faut même fur cela faire cette attention, que lorfque ces ordres ne font qu'ordonner l'exécution de quelque chofe qui tombe en Jurifdiction ordinaire, ils ne font point un prétexte pour attirer l'appel : c'eft ce que le Confeil jugea lui-même par un fameux

*Cet Arrêt eft rapporté en forme par M. Dulis, Avocat Général de la Cour des Aides, dans fon Traité de l'origine des Tréforiers de 1618. page 68.

Arrêt du 20 Février 1613.*par lequel le Sieur Hanapier, Tréforier de France à Orléans, fut condamné aux dépens pour avoir fait anticiper au Confeil fur l'appel d'une de fes Ordonnances, le nommé Favier, fous prétexte qu'il n'avoit rendu cette Ordonnance, qu'en exécution d'un Arrêt du même Confeil du 16 Février 1612. qui l'avoit commis, & les Parties furent renvoyées à procéder fur cet appel à la Cour des Aydes, à qui la connoiffance de la matiere devoit appartenir.

C'eft encore pour rendre inutile le droit de reffort du Parlement, que les Tréforiers de France cherchent à jetter de l'obfcurité dans leur fyftême, en confondant à tous les pas la direction du Domaine avec la contention : on a déja fuffifamment diftingué ces deux chofes, & jamais ils ne feront perdre de vue cette diftinction.

La direction, on ne fçauroit trop le répéter, ne donne qu'un droit d'infpection, de régie, d'adminiftration : les faifies en dépendent encore, fi l'on veut, tandis que la partie ne fe plaint pas ; mais fi elle fe préfente, fi elle contefte, fi elle demande juftice contre ce qui a été fait, fi elle offre de déduire fon droit, ce n'eft plus direction, c'eft contention : avant l'Edit de 1627. dès l'inftant où la conteftation étoit formée il étoit defendu aux Tréforiers de France d'aller plus avant, ils étoient obligés de renvoyer, ou au Sénéchal, ou à la Chambre du Tréfor. Depuis l'Edit de 1627. ils en connoiffent en premiere inftance, mais l'appel de leurs jugemens eft dévolu aux Parlemens par droit de reffort.

Envain exagérent-ils l'embarras de leur Procureur du Roi, & ce qu'ils appellent une *Bigarrure*, s'il étoit obligé de répondre en même tems & fur l'appel au Confeil en direction, & fur l'appel au Parlement en contention. C'eft un pur Sophifme, dont il eft aifé de faire connoître tout le faux.

1°. Ces Officiers ignorent-ils que les Procureurs du Roi n'ont point de voix au Parlement, & que le Procureur Général y prend fur l'appel le fait & caufe pour fes Subftituts ? Voilà donc ce premier Officier déchargé en deux mots de la moitié de fes foins.

2°. Qu'eft-ce

2°. Qu'eft-ce qu'appel en direction ? Le Parlement ne connoît point ce langage, parce que les Ordonnances ne le connoiffent pas : Encore un coup, tout appel fuppofe un Jugement rendu fur un déni, fur une conteftation ; & alors ce n'eft plus direction, on le répète, c'eft contention qui tombe par l'appel dans le reffort du Parlement, & ainfi on peut dire encore que l'autre moitié des foins du Procureur du Roi en cas d'appel eft une chimere.

3°. Le Confeil a fouvent jugé des principes du droit public, en matiere de jurifdiction, comme le Parlement en juge. Et en effet les Tréforiers de France de la Rochelle ayant fait anticiper une partie fur l'appel d'une de leurs Ordonnances rendue en direction, le Confeil rendit un Arrêt le 4 Mars 1743. fur le rapport de M. d'Auriac, qui déclara les Lettres d'anticipation nulles & de nul effet & valeur, fans préjudice au Procureur du Roi, de fe pourvoir au Parlement de Paris.

Qui ne voit que c'eft un projet formé entre tous les Bureaux des Finances du Royaume, de fe fouftraire indirectement au reffort des Parlemens par cette confufion imaginaire de la direction & de la contention ? Ainfi fe font-ils fait un principe, que toute inftance, foit en Domaine, foit en Voirie, qui eft d'abord introduite fur la réquifition du Procureur du Roi, tombe en direction & n'eft plus fujette qu'à l'appel au Confeil, comme fi l'ordre public des jurifdictions devoit dépendre de la vigilance ou de la négligence de cet Officier.

De-là il arrive qu'une miférable partie hors d'état de fe tranfporter hors de fon pays pour demander juftice, quoique d'ailleurs fondée en raifon, aime mieux céder : ainfi ces Officiers parviennent-ils à devenir fouverains, à l'aide d'un mot équivoque, dont ils fe fervent comme d'un titre, quoiqu'il ne prenne fa force que de la crédulité d'un Peuple à qui on en impofe : Abus énorme, qui fur-tout dans les provinces éloignées ne tend à rien moins qu'à y jetter l'allarme, & à y caufer des maux irréparables : Prétention ambitieufe, qui par voie de fait cherche à établir un pouvoir fuprême contre l'ordre établi par les loix : Attentat inexcufable à l'autorité du Prince, à qui feul il appartient de départir ce pouvoir, felon les regles d'une fageffe toujours conduite par ces mêmes loix.

On ne répondra point en ce lieu à quelques Arrêts du Confeil, à quelques commiffions particulieres, que les Tréforiers de France ont cité pour foutenir l'ufage des appels au Confeil : cette difcuffion trouvera mieux fa place dans le dernier article de ce mémoire ; l'ordre exige qu'on réponde ici à une objection qui femble plus importante : elle eft prife de ce que les Lettres-Patentes de 1752. n'attribuent aux Tréforiers de France qu'une fouveraineté paffagere, qui ne doit durer qu'autant que la confection du terrier ; la jurifdiction du Parlement en elle-même ne peut point en fouffrir ; fon exercice feul fera fufpendu, & tout reprenant enfuite fon cours, felon l'ancien état des chofes, le droit public n'en eft point bleffé.

Le Parlement avoit prévu cette objection, & y avoit répondu d'avance, en faifant voir par la raifon & par l'expérience du tems paffé, que ce terme de commiffion n'étoit qu'un jeu, & la confection du ter-

E

rier un prétexte pour le dépouiller de son droit de ressort , & en revêtir les Trésoriers pour toujours : Il employe ce qu'il a dit, mais il ne peut s'empêcher d'y ajouter les preuves qu'ils lui ont fourni dans leur réponse pour porter ce qui n'étoit qu'une conjecture jusqu'au terme d'une véritable démonstration.

Qu'on se rappelle tous les efforts qu'ils ont fait pour exalter leur origine , & le lustre dont ils ont été couverts dans leurs progrès : qu'on refléchisse sur ce qu'ils ont avancé, qu'avant l'Edit de Cremieu , à remonter à la source , & à parcourir d'âge en âge les constitutions de l'Etat , ils étoient Juges souverains du Domaine , ne rendant compte qu'au Roi seul de leur conduite & de leurs jugemens ; qu'ils sont du nombre des Compagnies souveraines , que leurs Officiers ont même le droit d'en précéder les membres, que sans des lettres de leur approbation les Commissaires du Roi , de quelle qualité qu'ils fussent , étoient sujets à leur interdiction , que l'Edit de 1627. en leur rendant la jurisdiction contentieuse du Domaine , dont celui de Cremieu les avoit dépouillés , ne leur a fait qu'une restitution imparfaite , en les soumettant à l'appel au Parlement, qu'ils donnent en y acquiesçant une preuve de leur soumission , en reconnoissant que le Législateur a pu changer les loix , que ce n'est que d'après ce principe qu'ils peuvent convenir, que dans le dernier état des choses ils sont sujets à l'appel ; & qu'enfin leur expérience pour juger en dernier ressort le Domaine du Roi est telle que , même à égalité de mérite , ils doivent être préférés au Parlement.

Si on refléchit attentivement sur toutes ces choses, pourra-t'on s'empêcher d'appercevoir dans les Trésoriers de France une ambition qui a franchi toutes les bornes , qui n'attend que d'être en possession d'une Jurisdiction souveraine pour s'en faire un titre sous le prétexte spécieux d'une Commission, dont elle pourra perpétuer la durée, autant de tems qu'elle aura intérêt d'en jouir ?

Voilà donc dans le Royaume une nouvelle Compagnie souveraine, qui en aura tous les droits , tous les honneurs, tous les caracteres, tous les attributs ! Que disons-nous ? Il y en aura autant qu'il y a des Bureaux de Finances & des Généralités. Mais entre-t'il donc dans les principes du Droit Public de multiplier ainsi les Compagnies souveraines ? leur destination essentielle est de rendre respectable au Peuple l'autorité du Prince, de lui donner l'exemple d'une soumission & d'une obéissance inviolable , de justifier à ses yeux les rapports qu'ont les ordres émanés du Trône avec la raison , l'équité & l'observation des loix : Parviendra-t'on donc plus surement à tous ces objets en multipliant ces Compagnies ? Non sans doute ; le Peuple s'accoutumera à ne plus mettre autant de différence entre elles & lui , & l'impression qu'elles feront diminuera à proportion que leur nombre augmentera.

Que si cette reflexion , dont une sage politique doit faire sentir toute la conséquence , devroit mériter quelque attention dans un cas où la multiplication des Tribunaux pourroit se faire, sans rien prendre sur ce que le droit public a déja affecté à ceux qui sont établis de tous les tems, quelle force ne doit-elle pas avoir, dans un cas où il est visible que des Compagnies inférieures ne cherchent à se former une souveraineté,

que fur les débris de la jurifdiction naturelle des Parlemens, en s'attri-
buant fous prétexte d'une commiffion paffagere, tout ce qu'il y a de
plus noble, de plus relevé dans cette jurifdiction ? favorifer une fembla-
ble prétention, ce feroit, on ofe le dire, non feulement affoiblir & éner-
ver la conftitution du droit public, mais la détruire & l'anéantir.

Ajoutons que c'eft renverfer l'objet primitif de la conftitution du
Parlement que de le dépouiller de la connoiffance du Domaine, même
pour un tems : & ce n'eft point ici une hyperbole, puifque nous trou-
vons dans le langage même des Ordonnances * qu'il fut établi dans le
principe pour le juger fur les pourfuites du Procureur Général : que
deviendra donc encore le droit public, fi les mêmes coups qui portent
fur lui, portent à la fois fur le Parlement engagé par état à le conferver
& à le défendre ?

* Ordonnance
du 26 Septem-
bre 1396.

ARTICLE TROISIEME.

*L'attribution portée par les Lettres-Patentes de 1752. expofe, contre
l'intention du Roi, le Domaine lui-même, comme les vaffaux &
les cenfitaires de Sa Majefté, à tous les dangers d'une juftice fuf-
pecte, informe, précipitée & arbitraire, qui d'ailleurs furcharge
ces mêmes vaffaux d'une augmentation de frais purement gratuite
que nul avantage réel ne peut compenfer.*

Si le droit public eft fi intéreffé à ce qu'on conferve l'ordre des Jurifdictions, & à ce que le droit de reffort qui appartient au Parlement
ne reçoive point d'atteinte, fa réclamation n'eft pas moins favorable
dans toutes les circonftances de l'attribution faite aux Tréforiers de
France en 1752.

1°. Elle jette l'allarme dans les efprits, & ce n'eft point fans raifon
qu'on en a fait un article diftingué dans le premier Mémoire : ces
Officiers devoient avoir fenti la peine qu'avoit le Parlement d'entrer
dans des détails qui peuvent les mortifier; mais qu'ils s'imputent la
néceffité où ils l'ont mis de donner à ce point un peu plus d'étendue.

On le répéte donc, l'attribution faite aux Tréforiers de France jette
l'allarme dans les efprits. Eh ! comment des peuples pourroient-ils avec
quelque confiance fe voir juger fouverainement par un Corps, dont ils
ont perpétuellement demandé la fuppreffion, le regardant comme inutile & comme à charge à l'Etat ? Qu'on life tous les procès verbaux
de ces fameufes affemblées tenues à Paris en 1413. à Orleans en 1560.
à Blois en 1579. & enfin à Paris en 1614. par-tout on verra une réclamation de tous les ordres, & des doléances ameres fur l'inutilité de
ces Officiers, fur leur nombre, fur les gages dont ils jouiffent qui ne
contribuent pas peu à l'épuifement du tréfor, & par une fuite néceffaire à la continuation des impôts; les difpofitions de ce peuple ont-
elles changé pour eux, par cela feul que depuis la derniere de ces époques, leur nombre a plus que triplé, &que leur créance fur l'Etat s'eft
accrue jufqu'au quadruple ?

Par malheur cette prévention générale n'eft que trop foutenue par d'autres motifs de fufpicion. Ne raifonnons ici que fur des faits, & fur des principes, toute autre maniere de raifonner peut reffentir ou la paffion, ou l'exageration, & l'une & l'autre font également indignes du Parlement.

1°. Les Tréforiers de France ont beau exalter leur capacité & leur expérience en matiere de Domaine, vanter une fuffifance qu'ils ont par état & par vocation ; le tableau qu'ils feront d'eux-mêmes ne fera point taire la notoriété : d'ailleurs ce n'eft point par un pareil tableau que le droit public fe détermine, il lui faut des preuves de la capacité des Juges, d'un tout autre genre.

Ce n'eft qu'en impofant aux Juges la néceffité de prendre des grades dans une Univerfité fameufe que Louis XII. crut pouvoir calmer les plaintes qu'il recevoit continuellement de leur incapacité : tel fut l'objet de fon Ordonnance du mois de Mars 1498. art. 48. & parce qu'il n'y a que trop de voies fufpectes par lefquelles on peut obtenir des grades, Louis XIV. par l'art. 19. de fon Édit de 1679. regla le tems d'étude, les interftices des infcriptions, la forme des examens, & les actes qu'on doit foutenir : la preftation du ferment d'Avocat tombe encore fuivant cet article dans la pratique ordinaire, & ce Prince ajoûte dans fa Déclaration du 26. Janvier 1680. que nul Prevôt, Châtelain, ou autre Chef de Juftice Seigneuriale, dont l'appel reffortit nuëment au Parlement, ne peut-être pourvû defdites Charges, s'il n'eft licentié & n'a fait le ferment d'Avocat dont la matricule fera rapportée.

La difpofition de ces loix eft générale, on fera voir dans un autre lieu les raifons qui la rendent plus rigoureufe, lorfqu'il s'agit du Domaine du Roi ; ici on fe contente d'obferver qu'elle ne diftingue point la nature des chofes qui font l'objet des Jurifdictions.

Les Tréforiers de France prétendent, il eft vrai, qu'ils ont parmi eux un nombre confidérable de Gradués : on pourroit d'abord dire que fur ce nombre il y en a plufieurs qui n'ont pris leurs grades, étant déja en charge, que depuis la date de l'attribution de 1752. grades fur deux infcriptions feulement, grades fufpects par la feule circonftance du tems, & la prévoyance qu'ils avoient eux-mêmes du cri général qui devoit s'élever. Eft-ce un problême de fçavoir fi de pareils grades communiquent la fcience par leur vertu propre ? Ne nous y arrêtons pas ; il s'agit de l'ordre des Tréforiers de France dans l'intérêt du droit public, bien plus que des perfonnes ; cet ordre eft difpenfé de prendre des grades : or un tel ordre eft incapable de toute Jurifdiction fouveraine.

Pour des hommes fans grades, & par conféquent fans capacité, qui ne fe font point inftruits par une étude fuivie de la connoiffance & de l'efprit des loix, il ne faut qu'une juftice informe, précipitée, & arbitraire, telle que celle dont les Tréforiers de France nous donnent l'idée dans leur Mémoire : par-tout on trouve cette fauffe maxime, qu'en matiere de Domaine l'accéleration eft l'objet principal, que s'il falloit fufpendre l'opération d'un Terrier pour attendre la décifion d'un appel toujours retardée par la lenteur des formes, jamais on n'en verroit la fin : il n'eft point, ajoute-t'on encore, de Procureur du Roi,

quelque

quelque zele, quelque activité qu'on lui fuppofe, qui pût vaincre de pareils obftacles.

Quel principe pour des hommes qui fe prétendent defcendus de l'ordre des Magiftrats?

La Juftice diftributive a, pour ainfi dire, fa marche dirigée par les formes qui la précédent, & qui la préparent par des progreffions reglées & fucceffives à repandre enfin fa lumiere; elle en eft fi dépendante, que le plus fouvent ou elle n'éclaire point, ou elle n'éclaire qu'im-parfaitement, lorfqu'on s'affranchit des ufages qu'elle a confacrés.

Nos Rois protecteurs de la juftice, & toujours occupés de la faire rendre à leurs fujets dans toute fon intégrité, ont introduit les formes pour garantir les Juges des illufions de l'erreur dont la précipitation eft la fource: fi leur fage lenteur a quelques inconvéniens, quels font les établiffemens humains qui n'en font pas fufceptibles? La prudence exige qu'on s'attache à ceux qui en ont le moins, ou d'une moindre conféquence.

On ne s'attachera point à juftifier la neceffité de l'appel dans l'objet dont on vient de parler: ce point fuffifamment établi dans le premier Mémoire & rappellé déja une premiere fois dans celui-ci n'a plus be-foin d'être autorifé: & qui ne fçait, dit le Jurifconfulte, combien l'ufage des appels eft étendu & combien il eft néceffaire? *appellationum ufus quàm frequens & neceffarius nemo eft qui nefciat.*

Ainfi parloit Ulpien dans un tems où les loix des Romains for-moient le droit commun de tout l'univers: la ruine de leur Empire n'a point entraîné celle de leurs loix, parce qu'elles font la plûpart fon-dées fur l'impreffion d'une lumiere naturelle qui apprend également à tous les hommes & les moyens de connoître la juftice & les raifons qu'ils ont de s'y attacher.

N'y auroit-il donc que le Domaine fi privilégié par fa nature, fi diftingué dans l'ordre de la juftice, à qui il importât fous prétexte d'accélération d'être jugé fans le fecours des formes & fans la reffource de l'appel? D'être jugé par des hommes, qui étant difpenfés d'être gra-dués, n'ont pas en leur faveur la feule préfomption de capacité que le droit public puiffe admettre?

2°. Une feconde raifon de fufpicion contre les Tréforiers de France dans la Guyenne, eft prife de ce qu'ils retirent un fol pour livre dans les profits cafuels du Domaine: toute leur attention eft de diminuer l'objet de cet émolument, pour en conclure que c'eft forcer l'idée de la foibleffe de l'humanité, & même faire injure à un corps que de le croire fufceptible d'une pareille tentation: ils foutiennent que ce produit ne fe partage point entr'eux, & qu'il eft deftiné à payer leurs Charges; mais outre que ces Charges font devenues par la répar-tition dont il conviennent, celles de chaque Officier, & qu'ainfi ce qui les acquitte devient le profit de chacun d'eux, le Parlement qui ne peut avoir d'autre preuve de ce qui fe paffe dans le fecret de leur com-pagnie, que ce que lui en apprend la notorieté, tire de cette notoriété même une preuve du peu de confiance que les peuples ont pour ces Officiers, & de l'efpece de récufation générale qu'ils feroient en droit de propofer contr'eux.

F

Si le Parlement ajoute quelque chose de son chef en qualité de Conservateur par état, & de Défenseur du Droit Public, c'est que de voir des Officiers de Justice s'attribuer à perpétuité par une convention privée une quotité quelconque dans le produit casuel d'un Fief relevant du Roi, s'ils le déclarent tel, est un abus & un scandale qui fait honte à la pureté de nos mœurs.

Que l'Edit de 1694. ait attribué ce sol pour livre au Procureur de Sa Majesté pour exciter sa vigilance, comme cinq autres sols aux autres Officiers du Domaine, avant que les quatorze restans ne parviennent aux Fermiers Généraux ; tout ce qu'on peut en conclure, c'est que toutes les distractions faites, la portion du Roi sur son Domaine est peut-être la moins considérable ; mais ce qui intéresse la Justice, c'est cet accord particulier qui a fait passer ce sol pour livre à ceux qui font la fonction de Juges. En vain dit-on que cet accord a été vû sous les yeux du Conseil, on ne sçauroit le penser, ou il faut qu'on l'ait bien déguisé ; ce qu'il y a de certain, c'est que s'il eût passé sous ceux du Parlement, il l'eût cassé d'Office, comme contraire à ce principe, que nul ne peut être Juge d'une Cause dans l'événement de laquelle il peut avoir quelqu'intérêt propre.

Que les Trésoriers de France prennent une portion de ce qui doit raisonnablement leur revenir pour leurs épices, dans la réception desquelles un usage ancien & autorisé peut les avoir maintenus, qu'ils en fassent un fonds pour les besoins de leur Compagnie, les Parties n'en murmureront point ; mais elles ne sçauroient se tranquiliser sur ce point de vûe, que si le Fief dont on demande la réunion, ou le fonds qu'on prétend faire rentrer dans la censive de Sa Majesté est déclaré lui appartenir, par cela même chaque Charge de Trésorier de France augmentera de valeur à proportion du revenu casuel de ce Fief ou de ce Domaine.

C'est sans doute sans raison que les Parties se figurent que ce motif entrera dans la décision du Procès ; mais qu'importe ? Elles craignent, & la prudence ne veut pas qu'on augmente cette crainte en rendant de tels Officiers souverains.

A ces motifs de suspicion, qui affectent la Justice des Trésoriers de France dans la Guyenne, se joint cette autre considération, que c'est la Justice la plus chere.

* Voyez la Déclaration de 1673.

Le Parlement pense bien différemment des épices que du sol pour livre : il ne blâme point les premieres en elles-mêmes, il se contente de déplorer le malheur de l'Etat, * qui a empêché jusqu'ici nos meilleurs Princes de rendre à la Justice toute la splendeur, en donnant à ses Juges du moins toute l'apparence d'un parfait désintéressement ; mais il blâme l'excès, & c'est cet excès dont on s'est toujours plaint sur le compte des Trésoriers de France. Est-il étonnant qu'il ait redoublé l'alarme publique, depuis qu'ils se sont annoncés comme Souverains?

C'est au tems où ils n'avoient encore que leur premiere qualité, qu'ils rapportent le parallelle indiscret qu'ils osent former entre leurs usages & ceux du Parlement par rapport aux épices, comme s'il n'étoit pas connu de tout le monde que le Procès en cause d'appel n'est jamais le

même que devant le premier Juge, que la difcuffion du fonds deve-
nue plus néceffaire l'a communément plus que doublé ; mais ces Officiers fe trompent, ce n'eft point à eux à mettre le Parlement fur la dé-
fenfive, fon défintéreffement eft connu de Sa Majefté, & cela lui
fuffit.

Au refte, ils ont beau exagérer le volume du dénombrement fourni
par le fieur de Segur, ils auront peine à faire comprendre comment
un dénombrement fur lequel on prétend qu'il n'y eût aucun blâme,
aucune conteftation, a pû couter trois cens * écus fols d'épices pour le
Bureau, & cent écus pour le Procureur du Roi pour la fimple vérification, ne s'agiffant que d'un Fief fans dignité, fans Juftice, & tout au
plus d'environ 600 liv. de revenu féodal, & comment par l'acceffoire
ce même dénombrement a pû couter près de 4000 liv. de frais.

Ce n'eft pas fans raifon que ces Officiers, pour ne pas irriter le public, n'ont pas crû devoir confier à l'impreffion de leur Mémoire, & l'a-
veu qu'ils ont fait du montant de ces épices, & l'art qu'ils ont employé
pour colorer cette furcharge : quoiqu'il en foit, cet aveu configné dans
l'original juftifie furabondamment ce que le Parlement a avancé, que
le Terrier de dix mille Fiefs dont le Domaine de Guyenne eft com-
pofé, coutera à la Province plus de trois millions à diftribuer dans le
Bureau des Finances, & plus du double pour les autres frais, fans qu'il
revienne rien de cette fomme immenfe dans les coffres de Sa Majefté :
il ne faut pour s'en convaincre, que former une eftimation proportion-
nelle de ces dix mille Fiefs, compenfant entr'eux ceux qui font affortis
de dignité, d'arriere-Fiefs & de juftice, avec ceux qui n'ont aucun de
ces attributs, & fi on régloit cette proportion par celui du fieur de
Segur, qui étoit de la derniere efpece, il devroit revenir aux Tréforiers de France plus de fix millions dont on a parlé en fimples épices de
dénombremens.

L'enregiftrement de l'engagement fait par Sa Majefté à Monfieur le
Marquis de Pons de la Prévôté d'entre deux mers, qui ne comprend
qu'une feule Jurifdiction lui coûta aux Tréforiers de France 940. liv.
en 1745. pour les épices feules du Bureau, & pour la vacation du
Commiffaire qui alla mettre à trois lieues de Bordeaux fon Procureur
conftitué en poffeffion.

Le Parlement eft bien fâché de ne pouvoir pour fa propre fatisfaction comparer ici ce qu'il en auroit coûté chez lui pour ces deux Actes,
mais d'un côté il n'y eut point d'appel du jugement des Tréforiers de
France fur le dénombrement du fieur de Segur, & de l'autre l'engagement du Marquis de Pons ne lui a point été préfenté, par un abus
qui juftifie qu'on facrifie tous les jours en matiere de Domaine les
principes les plus importans pour fa confervation.

On fe contentera de dire ici qu'il n'en coûta au Parlement en 1753.
que vingt-cinq écus d'épices pour l'enregiftrement du traité fait entre Sa
Majefté & Monfieur le Duc d'Ayen, quoiqu'il y fût queftion d'un tranfport de propriété d'un nombre de Terres déja titrées, qui comprennent
dans leur étendue une partie confidérable de la Province du Limoufin.

Voici un fait bien plus recent : le fieur Piaza, Abbé de Clairac,

* La notoriété
publique fup-
pofe qu'il y eut
400 écus fols
pour le Bureau,
outre les 100
écus du Procu-
reur du Roi.

ayant préfenté au Parlement des Lettres de naturalité qu'il avoit obte-
nues de Sa Majefté, il ne lui en a coûté que vingt écus d'épices pour
le Doyen, & il eft remarquable qu'il n'en coûte rien pour le Parquet.

Le même enregiftrement a coûté aux Tréforiers de France cent
cinquante livres pour les épices du Bureau, vingt-cinq livres pour le
Procureur du Roi & vingt-quatre livres pour fon Clerc, ce qui revient
à 199. liv.

Mais eft-il donc vrai que l'excès de ce qu'il en coûte aux Tréforiers
de France dans l'état ordinaire de cette Jurifdiction puiffe devenir plus
confidérable, dans le cas où la fouveraineté leur feroit attribuée, &
que les parties furchargées d'une augmentation de frais fuffent autori-
fées à en prendre de nouvelles allarmes à la vûe de la commiffion?

On a déja préfenté dans le premier Mémoire quelques traits de
cette augmentation, & comme on ne cherche point les répétitions,
on ne parlera ici que de ceux auxquels les Tréforiers de France ont
répondu.

On a dit qu'au Parlement le retiré d'un procès coûte trente fols, &
qu'il coûte trois livres à la Commiffion; que le droit de fortie coûte
au Parlement quinze fols, & fix francs à la Commiffion; on a dit
que l'Ordonnance de publication du dénombrement coûtoit aux Tréforiers fix livres, & que depuis la Commiffion elle en coûte douze;
quelle eft la réponfe de ces Officiers? C'eft que tels font les droits
portés par le tarif du Confeil, mais pourquoi introduire à Bordeaux
le tarif du Confeil, s'il eft plus cher que l'ancien ufage? La Commiffion ne leur donne point ce droit, & on fçait d'ailleurs que les tarifs
font dépendans de la cherté de toutes chofes bien plus confidérable à
Paris que dans les Provinces; dans le fait ces menus droits font aug-
mentés depuis la Commiffion, les uns au double, les autres au triple,
d'autres jufqu'à excéder huit fois la mefure ancienne, & on ne veut pas
que la Province crie, ou que ce cri général mérite quelque attention.

On a dit qu'à la Commiffion il y a dix livres pour la préfentation
du Procureur, & qu'au Parlement il n'y a que 3. liv. 4. fols; on a
répondu qu'à tout prendre cette taxe n'excéde que de huit fols celle
du Parlement, parce qu'on y paye trois livres quatre fols pour la confultation du Procureur, & autant pour l'Avocat, ce qui n'eft point connu
à la Commiffion..... On a dit encore que le Procureur ne retire au
Parlement que 25. fols de chaque article à la place du droit d'inventaire, au lieu qu'à la Commiffion, fouvent un feul article, dont l'extrait fera au bas de la Requête produite l'augmentera de deux rôles &
coûtera, 5. liv. 10. fols, à 55. fols par rôle fuivant la taxe; on convient
de cette inégalité, mais auffi, dit-on, on n'adjuge rien à la Commiffion pour l'Avocat, au lieu que le Parlement s'eft fait une loi d'adjuger
les honoraires.

Une explication fuccinte va faire fentir qu'à comparer les deux tarifs, il y a dans celui de la Commiffion une furcharge en faveur du
Procureur, & en même tems une injuftice capitale pour la Partie.

On adjuge au Parlement 3. liv. 4. f. pour une confultation verbale
à l'Avocat, quoique dans le fait la Partie la paye toujours 6. liv. de
forte

forte que le Procureur n'a pour lui que 3. liv. 4. f. pour fa préfentation, & autant pour fe dédommager du tems qu'il employe à fe
mettre au fait du procès pour regler fon inftruction. Le même Procureur qui a dix livres à la Commiffion pour fon droit, a donc un tiers
de plus qu'au Parlement, & fi la Partie veut confulter un Avocat pour
l'introduction du procès, il faut qu'il le paye d'ailleurs, & qu'il n'en
ait pas la répétition contre la difpofition de l'Ordonnance, qui adjuge
les dépens à celui qu'on a engagé mal-à-propos dans un procès, fans qu'il
puiffe dépendre du Juge de lui diminuer rien de ce qui eft raifonnable.

De même le Parlement n'adjuge que 25. fols par article, au lieu
d'un droit d'inventaire que les Procureurs groffiffoient fouvent arbitrairement ; il adjuge auffi l'honoraire de l'Avocat fuivant fon *folvit*,
parce qu'il n'eft pas jufte qu'une Partie, ou fe laiffe juger fans défenfe
& perde un procès qu'elle auroit dû gagner, s'il eût été confulté, ou
qu'elle perde un honoraire raifonnable qu'elle a débourfé : & c'eft ce
qui fait fentir combien les Tréforiers ont eu peu de raifon d'introduire à Bordeaux le ftyle du Confeil ; au Confeil le même eft Procureur & Avocat, au lieu qu'à Bordeaux le Procureur ne connoît que
fon inftruction.

La Réponfe des Tréforiers de France fur l'Ordonnance d'Evocation,
tant de l'Inftance principale, que des Inftances incidentes ou connexes
qui font pendantes en d'autres Tribunaux, ou dans leur propre Jurifdiction ordinaire, a quelque chofe de fingulier ; ils n'ofent fe défendre
directement fur l'article des Lettres-Patentes de 1752. qui, précifément
pour éviter les frais de cette Ordonnance, veulent indiftinctement qu'on
affigne devant la commiffion en vertu des Patentes même ; mais ils fe
contentent de dire *que la commiffion ne règle que le gros des objets, &*
que l'Inftance ne pouvant être introduite que par Requête, la Partie
doit fur cette Requête conclure à l'évocation.

Le Parlement ne connoît point cette interprétation qui n'eft bonne
qu'à faire illufion : tout ce qu'il fçait, c'eft que cet article des Lettres-
Patentes qu'on vient de citer, n'admet d'autre inftruction pour l'introduction de l'Inftance que l'affignation en vertu defdites Lettres : aux
termes de cet article, fi la Partie ne fe préfente pas, on doit tout de fuite
conclure au fonds fur le défaut. Que le ftyle du Confeil admette ou
n'admette pas cette Ordonnance particuliere d'évocation qui coute dix-
huit livres, ce n'eft pas de quoi il s'agit ; ce qu'il y a de vrai, c'eft que
les Lettres-Patentes fe contentent de la fimple affignation fans autre
mandement, il n'eft pas permis aux Tréforiers de France d'introduire
contre leur propre titre une nouvelle forme de procéder ; ils ne peuvent
le faire fans tomber dans une furcharge de frais d'autant moins pardon-
nable, qu'elle fe renouvelle plus fouvent dans la même Inftance.

Le Parlement pourroit fe difpenfer de répondre au triomphe appa-
rent, dont ces Officiers fe flattent au fujet des reconnoiffances pour lefquelles il alloue fix livres pour le premier article, & dix & cinq fols
pour les fuivants, au lieu qu'à la commiffion il n'y a que deux livres
cinq fols pour les deux premiers articles, & cinq & deux fols fix deniers
pour les fuivants.

G

Les Tréforiers de France auroient dû réfléchir que la juſteſſe des comparaifons dépend toujours de la juſteſſe des rapports qui ſe trouvent entre les choſes comparées ; or quel rapport entre une reconnoiſſance faite pour un Seigneur particulier, & une déclaration faite pour le Terrier du Roi ? Au premier cas il faut quelquefois que le Notaire ſe tranſporte juſqu'à dix fois ſur les lieux, pour faire l'application des anciens titres, découvrir les changemens qu'on a fait dans les confronts en différens tems, établir les nouveaux, conteſter ſouvent avec les Tenanciers des ſéances entieres pour les convaincre par leurs yeux, & les déterminer à reconnoître ; il faut qu'il faſſe un arpentement général de toute la tenance, & un arpentement particulier de la poſſeſſion de chacun ; qu'il dreſſe enſuite ſa reconnoiſſance, dans laquelle il référe toutes ſes opérations, qu'il en remette une expédition en forme au Seigneur, & une autre aux Tenanciers, & alors ſeulement tout eſt conſommé.

Au lieu que dans la déclaration pour le Terrier le Notaire reçoit chez lui un acte ſimple, dont le ſtyle peut même être moulé ; il n'eſt obligé qu'à marquer le nom du Déclarant, la ſituation du fonds, ſa contenance, & les confronts nouveaux ; c'eſt enſuite l'affaire du Subdélégué de ſe tranſporter avec le Subſtitut & le Greffier pour faire ſur les lieux tout ce que le Notaire y auroit fait dans le cas d'une reconnoiſſance ordinaire, & ſe taxer enſuite arbitrairement : or cette taxe arbitraire de ces trois perſonnes, jointe à la taxe de la déclaration chez le Notaire, excédera en certain cas vingt fois la taxe du Notaire preſcrite par le Parlement.

Au reſte c'eſt bien mal-à-propos que les Tréforiers de France ont affecté de faire cette comparaiſon des deux Tarifs : ce ne peut être que dans l'objet de faire illuſion au Conſeil, ou de ſe ménager une occaſion d'inſulter à la modération des taxes faites par le Parlement, rien dans le premier Mémoire ne pourroit leur en avoir fourni le prétexte : le Parlement n'a point parlé de leur Tarif par rapport aux frais des déclarations, il n'a parlé que de la taxe arbitraire des Subdélégués & de leur qualité perſonnelle : ces Subdélégués (malgré l'éloge qu'en font les Tréforiers) n'ont point pour la plûpart de ſerment en Juſtice, & n'ont par conſéquent ni caractere ni foi publique.

Tant de ſujets de ſoupçons contre l'eſpece de Juſtice ſouveraine, que les Peuples doivent attendre des Tréforiers de France, ont-ils donc dû les laiſſer ſans allarmes à la vûe des Lettres-Patentes de 1752 ?

Le Citoyen vit tranquille à l'ombre de la Loi ; il ſçait qu'elle le protégera contre l'injuſtice, il a recours à elle avec confiance ; il doit ſentir la même diſpoſition pour le Juge à qui il s'adreſſe, & ſur-tout pour le Juge ſouverain à qui ſeul il appartient de faire parler pour la derniere fois cette même Loi dont il eſt l'interprète affidé, comme il en eſt le miniſtre, le vrai diſpenſateur, & l'organe.

ARTICLE QUATRIEME.

Par la nature des affaires Domaniales, les Tréforiers de France font incapables par état d'en juger en dernier reffort ; & cette incapacité n'eft pas moins fenfible par rapport aux matieres incidentes ou connexes, dont l'évocation faite en leur faveur dépouille tous les Tribunaux de leur Jurifdiction.

A confidérer les queftions auxquelles les Fiefs peuvent donner lieu fimplement comme Fiefs, il faut pour en juger avec certitude connoître les obligations qui font refpectives entre le Seigneur & le Vaffal, tant celles qui font effentielles au Fief & qui dérivent de fa nature, que celles que les Loix & les Coutumes particulieres leur ont impofé ; fcience étendue qui fuppofe une érudition vafte ; fcience délicate, dont les principes fouvent compliqués ne fe développent prefque jamais par les regles du fimple raifonnement ; fcience enfin, qui de l'aveu des Tréforiers de France embraffe ce qu'il y a de plus épineux dans l'étude du Magiftrat.

La fcience du Domaine, outre cette fcience particuliere des Fiefs, s'étend encore à des objets bien plus élevés : tels font les droits Royaux, ces droits furéminens & incommunicables, ces attributs effentiels de la Couronne qui dépendent bien moins de fes titres particuliers, que du droit public de toutes les Nations, & qui exigent par conféquent des connoiffances bien plus univerfelles.

C'eft ce Domaine dans toute fon étendue dont la Jurifdiction contentieufe fut jointe en premiere Inftance à fa direction fur la tête des Tréforiers de France par l'Edit de 1627 ; quoique par leur état ils fuffent difpenfés d'étudier le Droit Romain, de prendre des grades, de fe faire infcrire dans l'ordre des Avocats ; quoiqu'ils ne fuffent point foumis aux formes ordinaires des examens prefcrits pour les autres Juges ; quoiqu'ils n'ayent jamais été reconnus par aucun caractere pour être du nombre des gens de Loi, & que même lorfqu'ils jugent actuellement, ils n'en ayent pas feulement l'extérieur ; quelle nouveauté ! quelle fingularité ! quel moyen de concilier cet Edit avec les maximes du Royaume !

Cette furprife fur l'Edit de 1627. n'eft point imaginaire ; il ne faut, pour la juftifier, que réfléchir un inftant qu'il n'eft prefque point de queftion intéreffante pour le Domaine, dont la décifion n'ait un rapport néceffaire avec les principes du Droit Romain ; rapportons ici quelques-uns de ces rapports, ils juftifieront plus précifément, ce que nous n'avons dit qu'en général dans l'article précédent, de l'incapacité des Tréforiers.

Les Fiefs, les Cenfives produifent des droits à l'occafion de la vente, & à raifon de tout autre acte qui fymbolife avec ce Contrat ; mais comment fans l'étude des Loix, porter un jugement fixe fur ces différens fymboles, diftinguer ces détours prefqu'infinis dont les Parties fe fervent pour déguifer leurs conventions, & parvenir ainfi de concert à frauder les droits Seigneuriaux ?

N'y eût-il que la nature du Contrat de vente à connoître & toutes les

A cette matiere fe rappor-

28

ent tous les ti-
res du 4e. Liv.
du Code, de-
puis le 38°. juf-
qu'au 65e. les
entiers Liv. 18
& 19 du ff.
Sur-tout *de in
diem*, addic.
de Lege commif.
& celui du Co-
de *de paftis in-
terempt. & ven-
dit. compofitis.*
*On prend ces
principes fur la
fimulation des
Actes dans le ti-
tre Code, *plus
valere quod agi-
tur, quam quod
fimul: Concip.*

† Les Loix qui
concernent la
refcifion des
Actes, remplif-
fent prefque
tout le 4e. Liv.
du ff. & pref-
que la moitié
du 2e. du Cod.
Sur-tout les tit.
*de refcind. ven-
dit.* & le titre
*quando lic. ab
empt. difc.*
¶ A ces objets
fe rapportent
les titres du ff.
& du Code *de
edendo, de fide
inftrum.* la No-
vel. 73. les tit.
*de prob. fin.
regund.* tout le
41e. Liv. du ff.
& une grande
partie du 7e.
Liv. du Cod.
§ A ces ob-
jets fe rappor-
tent les 3 der-
niers Liv. du
Cod. qui re-
gardent le Do-
maine de l'Em-
pire Romain:
le 9e. Liv. qui
concerne les
crimes: les 47e.
& 48e. du ff. où
on trouve plu-
fieurs notions
fur les confifca-
tions des biens:
le 1. tit. *de jure
Fifci*, celui du
Cod. *de Thé-
fauris*, & du ff.
pro derelicto.

conventions dont il eft fufceptible, ce n'eft que dans les Loix qu'on trouve des principes fur les ventes pures & fimples, les ventes à jour certain, les ventes conditionelles, ou celles qui font fimplement réfo-lutoires par l'événement d'une condition.

*Le Bail en payement produit les mêmes droits que la vente : mais de combien de fortes de fimulations cette efpece de contrat n'eft-il pas fou-vent coloré? Il n'y a que l'étude des Loix qui apprenne à les diftinguer par les notions qu'elles donnent du caractere de chaque contrat ; & ce n'eft pas feulement fur les contrats qu'on a befoin de les confulter, on a vû plus d'une fois des Baux en payement, ou des ventes cachées fous l'apparence des Legs, ou des Fidéi-commis.

Le refiliment de la vente fait naître fouvent des prétentions bien dif-férentes : tantôt il donne lieu à la reftitution des droits payés, & tantôt il donne ouverture à de nouveaux droits ; il n'eft pas même extraordi-naire de voir le Seigneur & le Tenancier fe fervir du même titre pour former des demandes auffi oppofées : là reviennent donc néceffairement les regles du droit †, fur ce que doivent opérer pour la récifion des con-trats le dol, la crainte, la lézion, le défaut de pouvoir du vendeur ; fur le refiliment volontaire ou forcé, fur les effets de la tradition feinte ou réelle, fur la force de la faifie, & de la prife de poffeffion.

¶ Les regles prefcrites par les Loix fur l'exhibition des titres, fur leur autorité, leur rapport entr'eux, la force de leurs énonciations, leur ap-plication; celles fur la reconnoiffance des bornes & mille autres queftions qui en dépendent, reviennent à tous les pas dans la vérification d'un dé-nombrement ; comment, fi on n'eft pas fixé fur ces regles, fe conduire dans cette opération fans rifquer de bleffer le droit du poffeffeur, ou de facrifier celui du Domaine ?

§ Quittons cette digreffion fur les Fiefs, elle nous meneroit trop loin ; ne difons même qu'un mot fur cette efpece de fucceffion qui appartient au Roi, tantôt à raifon de la Souveraineté, & tantôt à raifon de la haute Juftice, qui prend différens noms fuivant les occurrences qui la produi-fent, aubaine, deshérence, épaves, confifcation, droit de bâtardife ou de tréfor : on trouve bien quelques Auteurs qui en ont écrit, & on veut croire que ce font-là les fecours que les Tréforiers difent avoir fur tou-tes ces chofes : mais fans connoiffance des Loix, comment pénétrer d'après ces Auteurs le fens d'une décifion qu'ils n'ont puifé eux-mêmes que dans les principes des Loix, & pour l'application de laquelle il faut néceffairement revenir à la même fource.

Ces réfléxions font affez comprendre quelle fut la dérogation aux regles, lorfque pour attirer trois cens cinquante nouveaux Acquéreurs d'Offices dans les Bureaux des Finances, on leur accorda en première Inf-tance la Jurifdiction fur le Domaine, & il ne faut plus être furpris de la peine qu'eurent les Parlemens à les reconnoître Juges de la con-tention.

La préfence du Roi procura à l'Edit de 1627. un enregiftrement pur & fimple, s'il en faut croire Fournival ; mais il y a bien apparence qu'il y eut à ce fujet de très-humbles repréfentations qui en fufpendirent l'effet, puifqu'on trouve encore un Arrêt du 19 Mars 1626. qui
fit

fit défenfes aux Tréforiers de connoître des matieres contentieufes, dans les mêmes termes des Arrêts qu'on avoit autrefois prononcé contre eux.

Le Parlement de Bordeaux crut devoir fufpendre l'enregiftrement de ce même Edit, & ce ne fut qu'en vertu des Lettres de Juffion dattées du camp devant la Rochelle le 26 Janvier 1628. qu'il l'enregiftra, *attendu l'urgente néceffité des affaires de Sa Majefté*, mais avec des modifications bien dignes de fa fageffe.

1°. Que ces Officiers ne connoîtroient abfolument que des caufes qui concernent le Domaine, la Voirie & autres, dont la Chambre du Tréfor avoit accoutumé de connoître.

2°. Qu'ils n'entreprendroient aucune jurifdiction fouveraine, mais qu'ils jugeroient toujours à la charge de l'appel.

3°. Que tant lefdits Tréforiers, que le Procureur & Avocat du Roi, foit ceux de création nouvelle, foit les anciens, feroient examinés en la Cour, & feroient tenus d'y prêter le ferment.

4°. Que leur jurifdiction n'auroit d'effet qu'après qu'elle feroit établie, & feulement pour les procès qui feroient intentés de nouveau.

Ces conditions, fur-tout celle de l'examen arrêterent la confignation du prix des charges, & rien n'eft plus remarquable que les fecondes Lettres de Juffion, qui furent encore envoyées du même camp le 2 du mois d'Août de la même année : Elles portent que par le défaut d'enregiftrement pur & fimple le Parlement arrêtoit le fort de la Rochelle & fa réduction, elles ajoutent que le fecours de 1627. n'avoit été *L'Edit De* deftiné qu'à l'entretien des armées nombreufes, que Sa Majefté avoit été forcée de lever fur mer & fur terre contre la révolte de fes Sujets ; c'eft ainfi que ce Prince fi digne du nom de jufte, prenoit foin de fe juftifier à lui-même le nouvel établiffement par la feule force de la néceffité.

La prife de la Rochelle du 16 du même mois fufpendit pour quelque tems cette néceffité ; & ce ne fut que fix ans après, que fur une troifiéme Juffion du 3 Fev. 1634. les Lettres qui la contenoient furent enregiftrées pour être exécutées fuivant la volonté du Roi le 7 Septembre fuivant.

Telles font les circonftances d'un Edit marqué, comme le font tous ceux que les Tréforiers de France ont cités, au coin de la Burfalité, & dont on a déja dans un autre lieu prouvé l'obreption par la fauffeté des énonciations qu'il contient ; obreption qui doit faire aujourd'hui une bien plus forte impreffion pour faire exclure les Tréforiers de la jurifdiction qu'ils demandent en dernier reffort, puifqu'enfin les erreurs des Juges illitérés peuvent fe réformer par la voie de l'appel, au lieu que, cette voie détruite, l'erreur eft irréparable.

Une nouvelle raifon vient à l'appui de la reclamation du Parlement contre les Lettres-Patentes de 1752. elle n'eft point étrangere à tout ce qu'on vient de dire de l'incapacité des Tréforiers de France, elle ne fervira qu'à faire mieux fentir avec combien peu de difcretion & de menagement ils ont follicité des fonctions, qu'ils font incapables de remplir.

Ces Lettres-Patentes leur attribuent par évocation la connoiffance

H

de toutes les queſtions incidentes ou connexes à la confection du terrier, en quelques Tribunaux qu'elles ſoient engagées ; c'eſt diſent-ils
artificieuſement, *une clauſe de ſtile*, une clauſe ne doit point ſi fort
allarmer : quoiqu'il en ſoit, c'eſt une ſuite de la maxime, que le principal attire l'acceſſoire, c'eſt une dépendance des propres principes du
Parlement.

Si cette évocation des queſtions incidentes & connexes n'eſt qu'une
clauſe de ſtile qui ne doit produire aucun effet ; pourquoi la faire inſé-
rer dans les Lettres-Patentes ? L'intention de Sa Majeſté n'eſt point
d'induire ſes Juges à fatiguer, à ruiner les Parties par des conflicts de
juriſdiction mal fondés, en jettant de l'incertitude ſur la compétence
des Tribunaux.

2°. Cette clauſe eſt d'une ſi grande conſéquence qu'elle dépouille
tous les Tribunaux, ſans excepter même le Parlement, de leur juriſdiction ordinaire, elle rend les Tréſoriers de France Juges ſouve-
rains de toutes choſes, même des choſes les plus étrangeres au terrier.

Quelle eſt la conteſtation ſur la propriété d'un fief, ou d'une cenſive
mouvante du Roi, que les Tréſoriers ne ſe croiront pas en droit d'évoquer comme connexe, dès qu'une des parties aura été aſſignée devant
eux pour rendre ſon hommage, rapporter ſon dénombrement, ou
fournir ſa déclaration ? Soit que cette conteſtation ſoit fondée ſur l'e-
xécution d'un partage, ou d'un contrat tranſlatif de propriété, de quelque nature qu'il puiſſe être, ſoit qu'il s'agiſſe de la validité d'une dona-
tion, d'un teſtament, ou de l'interprétation d'une ſubſtitution, on dira
que le Roi a intérêt de connoître ſon Vaſſal ou ſon Cenſitaire, que c'eſt
une queſtion eſſentiellement connexe au dénombrement ou à la déclaration, qu'il faut par préalable prononcer ſur la propriété, puiſqu'il n'y
a que le propriétaire qui puiſſe faire ces actes féodaux.

L'appel comme d'abus lui-même ſi ſpécifiquement réſervé au Parlement arrêtera-t'il les entrepriſes des Tréſoriers de France ? On ne doit
pas être ſurpris de la queſtion, quelque étrangere qu'elle paroiſſe.

Lors, par exemple, qu'un Vaſſal qui ſe prétend propriétaire d'un Patronage ſujet à l'hommage aura réclamé par la voie de l'appel comme
d'abus contre les entrepriſes faites ſur ſon droit par un Collateur Ecclé-
ſiaſtique ; le Procureur du Roi ne prétendra-t'il pas que la queſtion du
patronage, qui doit former un des articles du dénombrement doit être
évoquée à la Commiſſion ? Et n'en dira-t'il pas autant de tous les appels
comme d'abus qui peuvent être faits au ſujet des droits honorifiques
dans les Egliſes qui dépendent des hautes juſtices mouvantes de Sa Majeſté ?

Ce ſera le même ſiſtême pour les appels comme d'abus des aliénations des biens de l'Egliſe, & des decrets qui en ordonnent la vente.
Ces aliénations peuvent donner lieu à l'exercice des droits domaniaux
de Sa Majeſté, & comme les Tréſoriers de France ſeront compétens
pour juger de ces droits, ils prétendront l'être auſſi pour l'appel comme
d'abus & de la validité de l'aliénation qui y donne lieu.

Ils ne commenceront pas ſans doute l'exercice de leur Commiſſion par des Actes auffi importans, mais la premiere furprife qu'ils ont fait à la religion du Confeil en obtenant des Lettres qui font fufceptibles d'une pareille extenfion, met le Parlement dans le cas de tout craindre de leur ambition.

Et où les Tréforiers de France ont-ils donc pris les principes de toutes ces chofes? Quelle prévention légale ont-ils en leur faveur d'une capacité fuffifante? Ils ne font gradués par état, ni en droit civil, ni en droit canonique, ni en droit François: Ils connoîtront cependant des chofes dont les Prévôts & Sénéchaux quoique gradués ne connoiffent pas, parce que la matiere a été jugée trop importante pour eux. A quel renverfement dans les mœurs du Royaume, les Lettres de 1752. ne donnent-elles point lieu? Quelle irruption fur toutes les jurifdictions? Quel dépouillement de tous les Tribunaux? Quel trouble ne jettent-elles point dans l'ordre public?

Prenons les Tréforiers de France par eux-mêmes: Le Parlement, ofent-ils dire, ne choifit qu'au hazard & par occafion, quelques principes détachés fur la matiere du Domaine, fa principale occupation ne roulant que fur les affaires des particuliers, au lieu que pour eux ne s'étant jamais occupés par état que du Domaine, & n'étant diftraits à rien autre chofe, ils doivent même à égal mérite être préférés: Si cela eft vrai, (mettant à part l'indécence) ils ne peuvent donc de leur propre aveu rien entendre dans les affaires des particuliers; & cependant ils en ont furpris la jurifdiction.

N'attendons point à cela de réponfe pofitive; ils avoient accoutumé, difent-ils, de renvoyer les queftions qui ne tomboient pas directement dans la jurifdiction du Domaine, lors même qu'elles prenoient naiffance devant eux; pourquoi penfer, dira le Parlement, folliciter aujourd'hui un titre formel qu'ils n'avoient pas, non-feulement pour retenir, mais même pour évoquer des autres Tribunaux des matieres fur lefquelles peu auparavant ils fe reconnoiffoient incapables? Eft-ce donc leur fouveraineté naiffante, qui a formé dans l'inftant leur aptitude? Mais ne fçavent-ils pas qu'en fait d'évocation les regles font égales pour les fupérieurs & pour les inférieurs? Il n'eft permis ni aux uns ni aux autres de fe dépouiller ainfi refpectivement.

Preffés de tous côtés ces Officiers recourent à cet axiome que le principal doit attirer l'acceffoire, & pour lui donner plus de crédit, ils ajoutent que c'eft-là le principe du Parlement.

1°. Il n'y a point d'acceffoire, où il ne fçauroit y avoir de principal: Or on a fait voir qu'ils font auffi incapables de juger fouverainement du Domaine que de toute autre queftion qui ait quelque rapport avec la loi.

2°. Le principal attire l'acceffoire, cela eft vrai, lorfque le même Juge eft capable par lui-même de connoître de l'un & de l'autre par une jurifdiction univerfelle; de façon que fi l'acceffoire s'étoit introduit comme principal dans les limites de fa jurifdiction, il en auroit connu: mais jamais cette maxime n'a dû avoir lieu, lorfque le Juge du principal n'a qu'une jurifdiction limitée à la nature de ce principal, ce qu'on appelle jurifdiction *ad certum genus*: Alors la maxime ne reçoit qu'une application fauſſe ; lui donner plus d'étendue , c'eſt faire indirectement & par une ſimple clauſe de ſtile ce qui eſt directement contraire aux regles du droit public ; c'eſt confondre ce qui doit être eſſentiellement diſtingué ; c'eſt détruire tout l'ordre des juriſdictions.

Le Parlement avoit bien prévu en 1628. lorſqu'il enregiſtra l'Edit de 1627. que quelque jour les Tréſoriers de France ne s'arrêteroient pas aux termes précis de leur Edit , & que des Juges qui ne connoiſſoient pas par principes l'importance de la juriſdiction qu'ils ſollicitoient , qui n'en enviſageoient que l'éclat & la dignité , ſans en peſer les conſéquences , porteroient leurs vues plus loin , non-ſeulement qu'ils chercheroient à tout attirer à eux , mais qu'ils ambitionneroient même la ſouveraineté ; & tels furent les motifs des deux premiers articles de ſes modifications.

Le Parlement prévit encore des inconvéniens d'une autre eſpece , dans le cas où les Parties , après avoir avancé dans un Tribunal ordinaire l'inſtruction de leur procès , ſe verroient forcées par une évocation ſubite à chercher à nouveaux frais de nouvelles habitudes dans un pays nouveau. Tranſporte-t'on ainſi ſi aiſément ſa confiance d'un défenſeur à un autre ? Et s'il arrive que le ſtile du nouveau Tribunal ne ſe trouve pas conforme à l'ancien , ce défaut de continuité dans la conduite d'une affaire n'eſt-il ſujet à aucun danger ? N'y en a-t'il point dans le tranſport des piéces , dans l'interruption , dans la ſuſpenſion que cauſe ce tranſport ? Si on a déja rendu quelque jugement préparatoire , le nouveau Juge en connoîtra-t'il tous les rapports avec le fond auſſi ſurement que le Juge qui l'avoit rendu ? C'eſt pour cela que le Parlement ajouta par l'article 4. des modifications de l'Edit de 1627. que ſa diſpoſition n'auroit point lieu pour les procès déja introduits dans d'autres Tribunaux : Avoit-il donc tort de raiſonner alors ſur des poſſibilités morales ? Ne voyons-nous pas effectuer aujourd'hui ce qu'il a prévu il y a plus de cent vingt ans ?

Les Loix ne ſont-elles donc plus les mêmes qu'elles étoient ? Ou le ſort des Peuples mérite-t'il aujourd'hui de la part du Parlement moins d'attention qu'il n'en méritoit alors ? Sont-ils moins fidéles à leur Roi ? moins ſoumis à ſes ordres ? moins attachés à ſa perſonne ſacrée & aux intérêts de ſa Couronne ?

ARTICLE CINQUIEME.

L'exemple des Commiſſions citées par les Tréſoriers de France ne peut leur être d'aucun ſecours pour le ſoutien des Lettres-Patentes de 1752.

Le Parlement a avancé dans ſon premier Mémoire que toute Commiſſion extraordinaire , de même que les attributions , les évocations , & en général tout ce qui tend à déranger , à interrompre , ou à ſuſpendre le cours ordinaire de la Juſtice eſt contraire au Droit public.

Cette propoſition a ſon fondement dans la nature même des choſes ,

puiſque

puifque le Droit public, dans le rapport qu'il a avec la juftice, n'eft autre chofe qu'un ordre certain établi dans fa diftribution pour être permanent & immuable, un ordre qu'on peut dire effentiellement néceffaire, dès qu'il a été jugé tel & confervé comme tel pendant une longue fuite de fiécles.

Cette propofition eft d'ailleurs autorifée par ce que nous avons de plus refpectable parmi les Ordonnances de réformation, ces Ordonnances dans lefquelles nos Rois ont cherché à ramener les chofes à ces Loix primitives fur lefquelles les premiers fondateurs de leur Couronne en avoient établi la ftabilité.

Celle de Blois Art. XCVIII. s'explique en ces termes : « *Pour faire* » *ceffer les plaintes à nous faites par nos Sujets à l'occafion des com-* » *miffions extraordinaires par cy-devant décernées, avons révoqué &* » *révoquons toutes lefdites commiffions extraordinaires, voulant pour-* » *fuite être faite de chacune pardevant les Juges à qui la connoiffance* » *en appartient.*

C'eft ainfi qu'Henri III. écouta les plaintes de fes Peuples, & en reconnut la juftice, il fentit tous les inconvéniens qui font inféparables de ces commiffions, & déclara folemnellement qu'à l'avenir l'ordre public des jurifdictions feroit obfervé. Louis XIV. de glorieufe mémoire rappella & confirma cette difpofition dans l'Art. XIV. de la Déclaration du 22 Oct. 1648.

On peut juger fur ces textes qu'aucun Commentaire ne peut affoiblir, quelle eft l'erreur des Tréforiers de France, lorfque fur le fondement de cette propofition du Parlement, ils ont ofé le repréfenter comme ennemi de la réformation du Domaine, & contrariant dans cet objet la néceffité d'un Terrier.

Diftinguons le Terrier ordonné pour la recherche de la confervation du Domaine, de la Commiffion accordée à ces Officiers en l'année 1752.

Rien n'eft fi privilégié que la confervation du Domaine, & il faut qu'il y ait bien de la prévention de la part des Tréforiers de France, fi en lifant le premier Mémoire du Parlement, ils n'ont pas fait attention aux raifons qu'il a données de ce privilege. Ces raifons étoient les mêmes que celles dont il fe feroit fervi pour les exciter à en faire la recherche, & les obliger à remplir avec exactitude cette partie du miniftere qui leur étoit confié.

Sans porter les chofes jufqu'à ce point de dépériffement dans lequel ces Officiers font intéreffés à faire envifager le Domaine dans la Guyenne, le Parlement eft convenu de la néceffité d'un Terrier, pour rapprocher de notre tems par des dénombremens nouveaux, & des défignations plus certaines, l'application & l'affiette des anciens titres de la Couronne, on ne peut nier ce fait à la lecture de fon Mémoire.

Mais s'enfuit-il delà que la Commiffion de 1752. ne renferme pas tous les inconvéniens qu'on a rélevé jufqu'ici ? S'enfuit-il delà qu'elle ne renferme pas tous ceux auxquels le Domaine eft expofé par fa nature propre, lorfqu'il eft renvoyé à une Commiffion, & fur-tout à une Commiffion fouveraine.

I

Ce font ces inconvéniens particuliers au Domaine, qui rendent par rapport à lui les Commiffions plus dangereufes & qui faifoient fi fouvent répéter à Chopin cet Auteur fi profond dans la connoiffance du Patrimoine du Prince & fi habile à le défendre, cet axiome déja fi ancien de fon tems *qu'il n'eft pas de l'intérêt du Domaine d'être jugé dans des Commiffions.*

Le Parlement de Paris prévit une partie de ces inconvéniens, dans l'enregiftrement qu'il fit de la Commiffion établie en 1566. « à la » charge, eft-il dit, que les baux & cens feront faits par les Tréforiers » en charge & qu'il en fera fait recette comme de chofe Domaniale, » fans que le preneur puiffe donner aucun droit d'entrée, fous peine » du quadruple, & de la perdition de la chofe déclarée dès à préfent » réunie à la Couronne; & à la charge auffi que s'il y a oppofition pour » la propriété ou ufage, les oppofans feront ouis pardevant les Juges » ordinaires, pour y être fait droit. Et s'il y a appel, reffortira au » Parlement, où les caufes du Patrimoine & Domaine de France doi- » vent être traitées, & non ailleurs.

Que n'eût pas prévû ce Parlement dans l'ordre des maux, auxquels une Commiffion peut expofer le Domaine, s'il n'avoit pas fçu que la réferve de l'appel devoit le mettre en fureté! la fageffe de ces tems-là devoit fans doute être différente de celle de nos jours; alors on n'eût ofé faire une plaifanterie dans une matiere auffi grave, fur ce qu'il auroit raifonné fur des poffibilités morales, ou fur le fonds inépui- fable de la malice des hommes.

C'eft à la crainte de ces maux qu'on doit l'approbàtion générale de toute évocation en matiere de Domaine, & par conféquente de toute Commiffion qui ne peut fe faire fans évocation; rien ne fçauroit être plus-précis fur ce fujet que l'art. 16. de l'Ordonnance de 1669. & l'art. 22. de celle de 1735. difpofition qui n'eft point introductive d'un droit nouveau; puifqu'on trouve en l'année 1585.* un Arrêt du Con- feil d'Etat qui déclara que les matieres Domaniales ne peuvent être évo- quées du Parlement à aucun autre juge.

* Voyez la Note de Gue- nois fur les Or- donnances, Li- vre 3. tit. 6. pag. 430. in fine.

Ici vient une objection des Tréforiers de France: quelle feroit la condition du Prince, s'il ne lui étoit pas permis de faire faire fon Ter- rier par les Commiffaires en qui il a confiance, tandis que le moindre de fes fujets jouit fans conteftation de cette liberté? Peut-on former de pareils doutes après l'expreffion de l'Edit de 1669? cette loi vivante que le Parlement de Bordeaux doit avoir enregiftré, comme tous les autres, doit lui impofer fur fes anciennes maximes un filence per- pétuel.

1°. Mettons à l'écart cet Edit que le Parlement ne trouve point dans fes Regiftres. L'incendie de fon Palais, affez connu des Tréforiers de France, doit lui avoir enlevé la preuve des modifications qu'il pour- roit y avoir ajouté.

2°. L'objet principal de cet Edit étoit de créer de nouvelles Charges de Contrôleurs & autres Officiers dans les Bureaux, par conféquent Edit Burfal dans lequel on fit gliffer les énonciations dont les Tréforiers abufent aujourd'hui. Or jamais de pareilles énonciations ne peuvent

5

déroger aux anciennes maximes, ni établir un droit nouveau : *Quæ enunciantur relativè, & propter aliud, non inducunt difpofitionem,* difent les Auteurs, *fed ea, tantùm quæ enunciantur principaliter & propter fe.*

3°. Le parallele que les Tréforiers de France établiffent entre le Domaine & les caufes des particuliers, denote de plus en plus qu'ils ignorent jufqu'aux premiers principes des matieres Domaniales dont ils demandent la fouveraineté. Un particulier peut faire faire fon Terrier par qui il lui plaît, & comme il lui plaît, parce qu'il dépend de lui d'aliéner fon Fief & de le perdre, le droit public n'y prend aucun intérêt. Il n'en eft pas de même du Domaine de la Couronne, les Auteurs le comparent à un dépôt facré ; c'eft une dot inaliénable, c'eft un patrimoine fubftitué ; & comme ce font les anciennes maximes qui en affurent la confervation, il y a toujours un danger évident à s'en écarter.

Enfin le Parlement ne prendra point le change fur cette objection de ces Officiers ; il ne s'agit point ici de la faculté que peut avoir le Prince de commettre qui il lui plaît à la confection du Terrier, il s'agit de la réferve de l'appel au Parlement à laquelle l'Edit de 1669. n'a point dérogé ; réferve qui feule peut conferver au Domaine fon privilège & fa fureté, en rendant inutiles par une revifion exacte les opérations fouvent très-fufpectes de ces Commiffaires particuliers.

Si telle eft en général la nature des Commiffions, que les Ordonnances les regardent comme contraires au droit public, fi celles qui ont le Domaine pour objet ont encore dans fon intérêt des motifs d'exclufion qui leur font propres, on pourroit fe difpenfer de répondre aux Commiffions de ce genre que les Tréforiers de France ont employées ; mais puifqu'ils fouhaitent qu'on entre plus avant dans cet examen, le Parlement veut bien les fatisfaire fans entendre néanmoins s'engager dans des détails qu'il regarde comme fuperflus, en ce qu'ils ne peuvent ni ne doivent entrer pour rien dans la décifion.

En premier lieu, le nombre de ces Commiffions particulieres, fût-il encore plus grand, ne fçauroit, comme le prétendent les Tréforiers de France, former en leur faveur une efpece de droit public capable de maintenir celle de 1752. que ces Officiers connoiffent mal, ce que c'eft que le droit public ! Faut-il encore le leur faire connoître ? Le droit public eft un droit général, univerfel, permanent, immuable dans les Jurifdictions ; donc tout ce qui eft paffager, tout ce qui eft renfermé dans certaines bornes de tems & de lieux ne peut jamais être droit public, c'en eft au contraire une exception, une dérogation, une infraction.

En fecond lieu, on ne peut s'empêcher d'obferver l'affectation qu'ont eu les Tréforiers de France de ne prendre l'époque de ces Commiffions qu'à l'année 1669. cependant ils n'ignorent pas celles du 8 Novembre 1563. du mois de Février 1566. dont on a déja parlé, celles du 24. Août 1581. 30. Octobre 1607. & du mois de Juillet 1656. mais parce que les quatre* premieres contenoient par exprès la réferve

* Voyez Fontanon, Edit de 1611. Tom. 2. pages 355. 361. 364. 367. & 412.

de l'appél au Parlement, ils n'ont pas cru devoir citer des titres si contraires à leur objet.

La Commission de 1656. mérite par ses suites une attention singuliere : le Parlement de Paris ayant donné un Arrêt le premier Septembre, conforme à celui du Parlement de Bordeaux du 20. Décembre 1578. cité dans le premier Mémoire, par lequel il défendoit d'exécuter les Ordonnances des Commissaires, & ordonnoit par corps le rapport de la Commission au Greffe pour y être enregistrée, les Commissaires se pourvurent contre cet Arrêt comme attentatoire à l'autorité du Roi, & Sa Majesté instruite des raisons du Parlement, sursit le 11. Octobre suivant, tant l'exécution de l'Arrêt, que celle des Lettres-Patentes qui établissoient la Commission : elle la révoqua ensuite par sa Déclaration du 7. Novembre 1657. & forma sous le nom de Chambre Souveraine du Terrier une nouvelle Commission composée de certain nombre d'Officiers du Parlement, & de la Chambre des Comptes, auxquels il ne devoit être joint qu'un Trésorier. Cette Déclaration fut enregistrée au Parlement le 20. du même mois, *à la charge que les Commissaires ne pourroient prendre connoissance du fonds du Domaine ;* c'est-à-dire, que cette Commission fut bornée à la simple Direction dans les termes de la distinction qu'on a déja faite, & de l'étendue qu'on lui a donnée.

Cela supposé, ou pour mieux dire prouvé par les pieces, dès que le Parlement de Paris avoit enregistré la Déclaration du 7. Novembre 1657. le 20. du même mois, il n'est pas étonnant que ce Parlement, qui par sa modification avoit mis le fonds du Domaine en sureté pour tout ce qui regarde la contention, ait révoqué le 13. Février 1660. un Arrêt qu'on avoit surpris de lui en 1659. pour arrêter les poursuites de cette Commission.

On ajoûte que le Parlement de Paris crut si bien son droit de ressort conservé qu'il rendit un Arrêt le 6. Mai 1662. qui, attendu l'inaction de cette Chambre, pourvût sur les conclusions du Procureur Général à diverses opérations relatives au Terrier.

Si on veut même une plus ample preuve de la réserve du droit de ressort en faveur du Parlement, on la trouve dans la derniere clause du fameux Réglement du 28. Decembre 1666. qui porte par exprès, en parlant des Jugemens rendus par la Chambre du Trésor substituée à cette Chambre Souveraine, que lesdits Jugemens & tout ce qui sera jugé en icelle concernant la confection du papier Terrier sera exécuté par provision, nonobstant oppositions ou appellations quelconques, & *sans préjudice d'icelles.*

Les faits ainsi rétablis ; qu'on juge de la fidélité avec laquelle les Trésoriers de France ont parlé de cette époque, & on jugera en même-tems de ce singulier contraste qu'ils imaginent entre la conduite du Parlement de Paris, & celle du Parlement de Bordeaux.

Ce qu'il y a sur-tout de remarquable au sujet de cette Chambre Souveraine établie avec tant d'appareil, c'est qu'elle eut le sort de toutes les autres Commissions ; tant de celles qui l'avoient précédée, que

que de celles qui l'ont fuivie ; fon travail ceffa bien-tôt après, fans que le Domaine en ait retiré aucun fruit.

Tel a donc été l'état des chofes, que les Commiffions qu'on n'a gueres connu pour la confection des Terriers que depuis le feiziéme fiecle, ont toujours confervé au Parlement fon droit de reffort jufques vers la fin du dix-feptiéme ; ce n'eft que fur celles qui ont été formées depuis, que les Tréforiers fe fondent. Ce font celles auffi fur lefquelles il refte à faire quelques obfervations.

1°. Le Parlement avoit déja diftingué dans fon premier Mémoire entre les commiffions toutes effentiellement contraires à l'intérêt du Domaine & au Droit public, celles qui peuvent à certains égards leur être moins préjudiciables, & celles qni tendent directement à la deftruction de l'une & de l'autre.

Par rapport aux premieres, c'eft-à-dire celles qui font adreffées à des perfonnes fingulieres, l'aveu fait par les Tréforiers de France de leur inutilité devoit les difpenfer d'en faire une ample defcription ; ils ont eux-mêmes fourni au Parlement des raifons excellentes pour en faire perdre l'idée : rappellons-les donc à ce qu'ils ont eux - mêmes penfé de ces commiffions.

A l'égard des fecondes (ce font celles qui font attribuées à des corps de compagnie) ils fe font contentés de les fuppofer préférables, parce qu'elles n'ont pas une partie des inconvéniens des premieres ; elles ont des Regiftres, des Greffiers en titre, & elles ne finiffent point par la mort des Commiffaires : mais qu'ont-ils répondu qui mérite attention fur le point capital dont il ne faut jamais fe diftraire, c'eft qu'elles renverfent le droit public des Jurifdictions, & qu'infailliblement elles le renverfent pour toujours, puifque l'ambition, l'intérêt & la politique des corps auxquels elles font attribuées, les font infailliblement participer à leur durée ?

2°. Il faut diftraire du moins des commiffions dont les Tréforiers de France rapportent les exemples, celles qui leur ont été accordées par les Edits Burfaux, portant création de Charges nouvelles, ou établiffement de nouveaux Bureaux : tel eft cet engagement pris par Sa Majefté dans la création du Bureau de Lille, de lui adreffer les commiffions du Terrier ; il a fallu flatter la vanité des Acquéreurs, & leur ambition ; mais quelle en a été la conféquence ? On apprend dans cet inftant que jamais le Bureau de Lille, même fous prétexte de Terrier, n'a tenté de rien fouftraire de ce qui a rapport aux matieres Domaniales du reffort du Parlement de Doüay, & qu'ayant feulement donné à fon Procureur, il y a environ 40 ans, la qualité de Procureur-Général, tant cet Officier que le Bureau en corps furent forcés de fe rétracter par des actes formels de défiftement & de foumiffion.

Si les autres titres rapportés par les Tréforiers de France font de même efpece, ne-peut-on pas dire ou qu'ils n'ont jamais eu d'exécution, ou que jamais l'utilité que le Domaine en a retiré, ne s'eft faite fentir ?

3°. Parmi les commiffions du Terrier qu'on oppofe, il ne faut pas raifonner fur celles, qui n'attribuent aux Commiffaires d'autre pouvoir que celui qui eft borné à la fimple Direction ou à la Jurifdiction con-

K

tentieufe en premiere Inftance, que le Parlement ne contefte point aux Tréforiers de France en vertu de l'Edit de 1627.

Il ne s'agit donc que de celles qui leur attribuent en contention une Jurifdiction pleine & entiere, exempte de tout reffort au Parlement, ou de celles qui en réfervent l'appel au Confeil.

Le Parlement ne connoît point les commiffions de la premiere efpece ; les Tréforiers de France n'en ont pas même cité, dont il ait pû examiner les circonftances.

Séparons des fecondes cette réferve d'appel au Confeil, furprife par artifice.

Les Commiffaires qui ont adroitement fait gliffer cette claufe de réferve dans les Patentes de leur attribution, ont eu deux objets ; l'un de ne pas irriter les Peuples, en fe montrant à eux avec cet appareil de Souveraineté qu'ils ne reconnoiffent que dans ceux que le Droit public a établi de tous les tems pour les juger fans appel ; l'autre de parvenir indirectement & par le feul fait à rendre des Jugemens à l'abri de toute révifion, fçachant bien qu'il n'eft prefque point de Fief dont la valeur entiere pût entrer en comparaifon avec les dépenfes d'une Inftance, que celui à qui il appartient feroit obligé de foutenir à deux cens lieues de fon domicile, pour faire juger à la fin par le Confeil lui-même, qu'il n'eft pas Tribunal de contention, ainfi qu'il le jugea en 1743. au rapport de M. d'Auriac.

Ainfi eft-il arrivé que toutes les caufes appellées au Confeil fur l'appel des Jugemens de ces Commiffaires font demeurées indécifes, & les Tréforiers de France feroient bien embarraffés de faire voir, que le Confeil ait terminé définitivement comme Juge d'appel des blâmes de dénombremens ; il n'en faut même d'autre preuve que l'Arrêt qu'ils ont obtenu le 11 Juin 1754. pour fe faire renvoyer par le Confeil toutes les affaires qui y avoient été portées, fur le faux prétexte de cette réferve d'appel.

Ce renvoi prouve encore que les occupations du Confeil font telles, qu'il eft impoffible qu'il puiffe entrer comme Juge d'appel dans ces fortes de difcuffions : & fi cela eft, que deviendra le fyftême des Tréforiers de France, que c'eft par un principe d'accélération toujours favorable au Domaine qu'on en a ôté la connoiffance au Parlement pour l'attribuer au Confeil ?

Tandis qu'il n'y avoit en France qu'un feul Parlement, l'ufage de l'appel fi univerfel & fi néceffaire, felon l'expreffion de la Loi, n'étoit pas auffi praticable, parce que la diftance des lieux, les dangers des voyages, la durée, la dépenfe, & l'incommodité du féjour, plus que tout cela, l'impoffibilité d'y avoir audience, fuite inévitable de l'occupation d'un feul Tribunal, rendoient aux Peuples des Provinces ce recours plus difficile, & c'eft pour cela que nos Princes fe déterminerent à départir le Parlement en différens refforts : il ne faut que lire l'Edit de 1462. portant confirmation du Parlement de Bordeaux, pour y trouver ce motif fi propre à nous faire reconnoître la fageffe & la bonté de nos Rois. Voudroit-on donc aujourd'hui nous faire croire que les principes font changés , & que pour rendre à la Juſtice une accélération favorable , il faut porter par appel au Conſeil les procès du Domaine , qui pour l'ordinaire ſont les plus compliqués ?

Diſons mieux : l'appel au Conſeil eſt une voie ſûre pour anéantir les appels en les rendant impraticables , pour priver la Juſtice du plus eſſentiel de ſes attributs , qui eſt de rendre ſes Jugemens au milieu même des Peuples.

Nos Sujets , diſoit Charles IX. * ſont grandement travaillés de Juriſdictions extraordinaires , par le moyen deſquelles ils ſont contraints de plaider hors de leurs maiſons ; & c'eſt ce qui lui faiſoit ajouter que l'office d'un bon Roi , eſt de leur faire rendre une juſtice prompte ſur les lieux.

* Voyez l'Ordonance d'Orléans, art. 34.

Ce Prince étoit ſi convaincu de cette maxime , que les Tréſoriers de France de Dijon ayant ſurpris de lui le 20 Septembre 1560. des Lettres-Patentes contenant tous les anciens Priviléges qui leur avoient été accordés juſqu'alors , & une commiſſion pour la recherche de ſon Domaine dans la Bourgogne , avec la clauſe de réſerve de l'appel à lui & à ſon Conſeil , il fit expédier le 23 Février 1561. des Lettres de révocation de cette réſerve , & confirma de nouveau la Juriſdiction du Parlement de Dijon ; & comme les Tréſoriers de France de Bordeaux avoient ſans doute obtenu une commiſſion pareille pour la Guyenne , cette même révocation fut auſſi rendue commune , & l'adreſſe en fut faite au Parlement par de nouvelles Lettres du 24 Décembre 1566. qui y furent enregiſtrées le 19 Juin 1567.

Les motifs de cette révocation ſont trop afférans à ce qu'on vient de dire ; ils intéreſſent trop le droit public , pour qu'on n'en faſſe pas ici le rapport : " Toutes fois ayant depuis conſidéré les grands intérêts , ruines , » pertes & dommages que ce feroit à nos Sujets , de pourſuivre en notre » privé Conſeil les oppoſitions & appellations & autres différends qui » pourroient intervenir pour le regard deſdites ſaiſies & réformations , » pour y être la diſcuſſion trop longue & de trop grand frais , à cauſe » que notredit privé Conſeil eſt aſſez ordinairement occupé & dans plus » grandes affaires concernant le bien & état de notre Royaume... avons » de l'avis de notredit Conſeil..... enjoint , preſcrit , & ordonné que le » Tréſorier de la Charge de Bourgogne procédera..... non-obſtant op- » poſitions & appellations quelconques , & ſans préjudice d'icelles , leſ- » quelles , ſi aucunes interviennent , nous voulons & entendons être ju- » gées , décidées , & terminées en notredite Cour de Parlement de Di- » jon...... Mandant & très-expreſſément enjoignant à notre Procureur- » Général en notredite Cour d'en prendre la miſſion & défenſe , cauſe » & avantage.... non-obſtant que par ladite Déclaration du 20 Septem- » bre dernier ſoit expreſſément dit que nous en avons retenu & réſervé » à nous & notre privé Conſeil la connoiſſance , à laquelle par les rai- » ſons que deſſus nous avons dérogé & dérogeons par ces Préſentes..... » Si donnons en mandement , &c. "

C'eſt ſur ces motifs que Charles VII. plus de cent ans auparavant avoit promis ſolemnellement à la Guyenne que ſes Habitans auroient toujours au milieu d'eux une Juſtice ſouveraine , pour juger toutes les caufes d'appel fans diftinction ; époque précieufe qui rappelle fans ceffe à cette Province la mémoire de ces heureux événemens qui la rendirent à fes anciens Maîtres.

4°. Enfin ces commiffions extraordinaires qui ont donné indirecte-ment aux Commiffaires un pouvoir fouverain fous prétexte de l'appel au Confeil, ne s'étendoient jufqu'à préfent que fur des territoires par-ticuliers, telles font celles pour Sauveterre, & l'entre deux Mers, cha-cune renfermée dans les bornes d'une feule Jurifdiction ; celles du Con-domois, de Bergerac & de l'Agénois ont, à la vérité, un peu plus d'étendue : mais qu'eft-ce que cette étendue en comparaifon de la Gé-néralité de Guyenne, qui comprend au moins quinze Sénéchauffées ? Eft-il étonnant que le Parlement ayant par refpect pour le feul nom de Sa Majefté fufpendu fes juftes plaintes fur ces objets, pour lefquels même on n'a encore fait aucune opération confidérable, réclame enfin contre un abus qu'on a cherché à introduire par degrés, & dont il voit aujourd'hui la confommation par une diftraction univerfelle de la plus confidérable, la plus ancienne, & la plus précieufe partie de fa Jurif-diction ?

Ce qu'on a furpris pour la Généralité de Guyenne fervira bientôt d'exemple pour celles d'Aufch, de la Rochelle & de Limoges, qui s'é-tendent encore fur huit autres Sénéchauffées ; ainfi le Domaine de la Couronne, que les Loix, dont le Parlement eft effentiellement le Gar-dien, ont mis fous leur protection d'une façon fpéciale, le Patrimoine du Prince, dont un grand Chancelier dans fa Lettre au Parlement de Bordeaux du mois de Mai 1537. lui difoit *qu'il devoit fe regarder comme dépofitaire*, ce même Domaine, ce même Patrimoine fi pri-vilégié fera jugé, & jugé irrévocablement, fans l'intervention du Par-lement.

Le Parlement de Bordeaux ne répond point aux Commiffions for-mées dans les refforts des autres Parlemens ; ce n'eft point de cette partie du Domaine dont Sa Majefté & fes Succeffeurs feront fondés à lui demander compte, c'eft de celle de fon reffort : Et feroit-ce pour lui une excufe d'en avoir été dépouillé par les Lettres-Patentes de 1752. s'il n'étoit en état de prouver dans tous les âges, non-feulement qu'il a fait fur la furprife de ces Lettres fes très-humbles repréfentations, mais encore qu'il s'eft lui-même rendu partie pour revendiquer le droit public.

D'ailleurs tous les Parlemens du Royaume ont le même intérêt : Le fameux procès qu'a celui de Touloufe avec la Chambre des Comp-tes de Montpellier qui prétend l'avoir dépouillé pour toujours de la jurifdiction du Domaine, fous prétexte d'un Edit de 1690. qui l'avoit fubrogée à une Commiffion formée quelques années auparavant, a confervé le droit de ce Parlement ; & il eft vraifemblable que l'événe-ment de ce procès décidera de toutes les autres Commiffions de fon reffort : L'éloignement empêche qu'on ne puiffe être informé de ce qui s'eft paffé dans les autres Parlemens, on ne doute pas que dans une caufe commune un zéle égal pour l'ordre public ne les porte à élever leur voix, & à réclamer contre des furprifes égales.

C'eft

C'eft donc envain que les Tréforiers de France de Bordeaux oppo-
fent au Parlement le filence qu'il a gardé au fujet des Commiffions
dont ils citent les exemples; ne nous y arrêtons pas plus longtems :
rapprochons-nous des grandes regles : Le Parlement ne doit connoître
que ce genre de défenfe , & peut-être ne s'en eft-il déja que trop
écarté.

Toute Commiffion , toute attribution extraordinaire eft contraire
à l'ordre public , lorfqu'elle eft faite à des perfonnes défignées; encore
plus contraire , lorfqu'elle eft faite à des Compagnies inférieures par
leur état , & qu'on fouftrait d'un droit de reffort auffi ancien que la
Couronne.

Ces régles font encore plus invariables en matiere de Domaine ,
qui , felon la tradition de nos peres , *n'a pas intérêt d'être jugé dans des
Commiffions , fi l'appel n'en eft réfervé au Parlement.*

Cela fuppofé , de quel ufage peuvent être pour les Tréforiers de
France ces Commiffions multipliées depuis l'année 1670? Le propre
du Droit public eft de protefter perpétuellement par lui-même contre
ce qui le bleffe , malgré l'inattention de ceux qui doivent être fes dé-
fenfeurs : De-là cette maxime inaltérable qu'il n'eft en matiere d'ordre
de jurifdiction , ni fin de non-recevoir , ni prefcription.

Raifonner ainfi , ce n'eft point contefter au Souverain le droit de
faire de nouvelles Loix ; les Tréforiers de France y ont-ils bien penfé ,
lorfqu'ils ont ofé faire au Parlement une pareille imputation ? Il fçait
que le plus grand des priviléges de la fouveraineté eft de pouvoir faire
des Loix nouvelles , auffi-bien que d'interpréter les anciennes , &
d'en changer même la difpofition , felon que l'utilité des peuples ou
leur plus grand avantage peut l'exiger ; mais autant qu'il eft de fon devoir de faire fentir aux peuples combien ils doivent refpecter ces changemens devenus néceffaires , autant doit-il les entretenir dans cette
idée que jamais l'intention des Souverains ne fut de détruire gratuite-
ment des loix générales , auxquelles une exécution fuivie & autorifée
depuis l'origine de leur Empire a donné une efpece de confécration.

Autant que le Parlement eft obligé par état de conferver à ces loix
générales la foumiffion des peuples , autant doit-il leur apprendre à
diftinguer leur caractere , & à ne pas les confondre avec des refcrits particuliers qu'une ambition importune furprend de la bonté des Rois , ou
que la néceffité des circonftances arrache de leur juftice.

Cette imputation de méconnoître les droits de la Souveraineté , la
feule à laquelle le Parlement ait été fenfible , peut être mife au rang de
cet autre reproche qu'il ne fe conduit dans cette affaire que par les motifs d'un intérêt propre , que l'ordre public n'a pour lui d'avantage
qu'autant qu'il fe trouve joint à cet intérêt , & qu'en effet fi la Commiffion de 1752. lui eût été adreffée , cet ordre public eût par cela feul
perdu tous fes droits.

Il y a dans ces difcours plus que de l'indécence , il y a de l'injuftice
& de la fuppofition.

Le Parlement n'a paru fouhaiter dans aucun endroit de fon premier
Ouvrage que la Commiffion de 1752. lui eût été adreffée : après avoir

L

rapporté cette ancienne maxime , *qu'il n'eft pas de l'intérêt du Do-maine d'être jugé dans des Commiffions* , n'a-t'il pas dit que les Parle-mens s'étoient toujours oppofés à ces fortes de Commiffions, lors même que les Commiffaires étoient choifis dans leur fein ? N'a-t'il pas ajouté qu'ils penfent aujourd'hui comme ils penfoient autrefois, parce qu'ils ne connoiffent que les regles, & que les regles font invariables ?

S'il a dit qu'il y eût eu moins d'inconvénient par rapport au droit public & au privilége du Domaine de lui adreffer la Commiffion du Terrier, dans le cas où Sa Majefté eût été abfolument déterminée à fupprimer une Inftance pour le jugement des conteftations qui en peuvent naître, les Tréforiers de France n'ont-ils pas été forcés de convenir de cette vérité dans l'examen qu'ils ont fait de ces incon-véniens ?

S'il a parlé de préférence dans le concours du fupérieur & de l'infé-rieur, qu'a-t'il dit en cela qui ne foit effentiellement vrai , qui ne foit foutenu des plus anciens monumens que nous connoiffions, de ces loix primitives qu'on peut confidérer à bien plus jufte titre comme les conf-titutions de l'Etat , que ces Edits Burfaux, auxquels on a fi impro-prement prodigué ce nom ? Dans le cas de la préférence du fupé-rieur , le Domaine eût confervé fon droit d'être jugé par le Parle-ment , au lieu que ce droit fi inconteftable lui eft enlevé dans le cas de la préférence de l'inférieur.

Au refte fi les Tréforiers de France refpectent , comme ils le difent, & comme ils le doivent, la juftice & l'intégrité du Parlement, lorf-qu'en matiere de Domaine il juge les Officiers de fon corps, dans quel objet ont-ils parlé de ces glofes prétendues de deux Arrêts du Confeil ? Le Parlement ne connoît point ces Arrêts : s'il étoit vrai qu'un Copifte indifcret y eût fait une glofe deshonorante pour lui , après s'être juftifié au pied du Trône, il en porteroit fes plaintes au Roi , & Sa Majefté jaloufe de l'honneur de fes Parlemens lui feroit juftice.

Le Parlement fçait ce qu'on doit penfer des foibleffes de l'humanité ; & comme il ne les exagére point mal-à-propos, il connoît auffi de quoi elles font capables. Il a loué dans fon premier Mémoire la fageffe qui a fait diftinguer dans les Ordonnances, celles de ces foibleffes qui peuvent être excitées par les fentimens de la Nature, de celles qui ne font dûes qu'à une habitude de confraternité, & dirigeant fon jugement fur le principe & les regles de cette différence , il avoit cru devoir laiffer les chofes dans les termes du droit commun.

Mais pour faire taire jufqu'aux moindres foupçons , quelque mal fondés qu'ils puiffent être , le Parlement confent que les procès que fes Officiers pourront avoir avec le Domaine , à l'occafion du renouvelle-ment du Terrier , foient jugés en premiere Inftance par les Tréforiers de France , & qu'en caufe d'appel , ils foient évoqués & renvoyés au Par-lement de Paris (quoique toute Evocation en matiere Domaniale foit profcrite par les Ordonnances) pourvû que la caufe d'appel lui foit con-fervée fur tous les Jufticiables de fon reffort , conformément aux Let-tres-Patentes du mois d'Octobre 1607.

L'éloignement, la dépenfe, les dangers d'un déplacement forcé pour des Magiftrats, n'arrête point le Parlement : ce n'eft pas la premiere fois qu'il a fçû facrifier toutes ces chofes & fon intérêt perfonnel au bien le plus général.

Ce qui l'occupe véritablement, c'eft la confervation du Droit public; c'eft le maintien inviolable d'un ordre de Jurifdiction qui en dépend ; c'eft l'honneur de la Magiftrature ; c'eft l'intérêt d'une Nobleffe diftin-guée , dont tout le patrimoine confifte en Fiefs ; c'eft celui d'une grande Province compofée de différens Ordres, qui ne peuvent envifager fans allarme qu'un Bureau des Finances va les juger fouverainement.

TABLE

TABLE CHRONOLOGIQUE

Des anciennes Ordonnances qui ont réglé ou supposé la Jurif-diction des Sénéchaux fur les matieres du Domaine jufqu'à l'Edit de 1627.

ROIS.	ANNÉES.		
CHARLES		La même chose est ordonnée pour le Duché de Berri & le Comte du Poitou.	. . 450.
	1402. 20. Avril.	Lettre où il est enjoint au Prévôt de Paris, ou à son Lieutenant, de faire remettre les forfaitures, amendes, confiscations, épaves, aubaines, successions de Bâtards, & autres Droits Domaniaux, incontinent qu'il les aura adjugés, nonobstant toutes Lettres de concession à ce contraires. . . .	. . 496.
		Ici finit la collection des Ordonnances de l'édition du Louvre.	
JEAN.	1363. Art. 2.	Les Causes du Domaine du Prince doivent être portées au Parlement. .	NÉRON. Tome I. page 14.
CHARLES VI.	1407. 7. Janvier.	Ordonnance qui supprime les Tréforiers sur le fait de la Justice.	FERRIERE. . . 543.
	1413. Mai.	Ordonnance qui supprime pour la derniere fois les tréforiers sur le fait de la Justice aux Etats tenus à Paris.	. . 549.
		Aux mêmes Etats, il est dit que les Baillifs, Sénéchaux, feront venir à eux les confiscations, forfaitures, & épaves dans les Limites de leurs Jurisdictions. . . .	FONTA-NON. Edit. de 1611. Art. 16.
		Qu'ils contraindront tous les Vassaux de leur ressort à leur bailler aveux de leurs Fiefs, & feront toutes diligences sur les Droits Royaux, tant ceux de Souveraineté qu'autrement.	Art. 173.
		Intenteront des procès pour le Domaine, décerneront contrainte sur les Receveurs pour les frais.	Art. 197. p. 1312.
	1413. Mai. Art. 212.	Il y est ordonné qu'au lieu des Tréforiers & Généraux pour le gouvernement, administration & connoissance, tant du Domaine que des Aydes, il y aura seulement deux bons Prud'hommes, sages, solvables & suffisans, & un bon prud'homme sage & riche, qui sera Changeur & Receveur-Général, & un autre qui sera Clerc & Contrôleur du Trésor.	FONTA-NON.
CHARLES VII.	1453. Avril. Art. 5.	Ordonnance portant que parmi les Causes & Procès qui doivent être introduits & traités au Parlement, les Causes du Domaine, les Droits de Sa Majesté, de ses Régales, & les Causes, esquelles le Procureur du Roi est principalement partie, y feront traitées.	NÉRON. Tome I. . . 24.
LOUIS XII.	1500. 24. Juin.	Ordonnance où il paroît que les Baillifs sont les Juges ordinaires de toutes matieres, excepté les Aydes.	FONTANON Tome II. . . 537
FRANÇOIS PREMIER.	1536.	Edit de Cremieu, depuis lequel les Tréforiers de France conviennent que les Sénéchaux ont connu du Domaine jusqu'à l'Edit de 1627.	
HENRI II.	1551.	Le Roi dit dans le Préambule de cette Ordonnance que les Sénéchaux font supposés avoir été établis de tout temps sur le fait du Domaine.	

www.ingramcontent.com/pod-product-compliance
Lightning Source LLC
Chambersburg PA
CBHW072257210626
46818CB00017B/1412